유럽이

나에게

들려준

이야기

유럽이
나에게
들려준
이야기

글·사진 박신형

알비

〈유럽이 나에게 들려준 이야기〉라는 책이 세상에 나온 지 3년이라는 시간을 훌쩍 넘어 4년을 바라보고 있다. 한 사람만이라도 이 책을 읽으며, 마음이 따스해지고 고개를 끄덕일 수 있다면 마음이 벅찰 것만 같았는데, 그 소망이 이루어져 개정판을 내다니 꿈만 같다.

글을 읽으며 비슷한 생각과 감정을 느꼈던 적이 있다며 공감해주는 사람들의 고마운 말들과 편하게 읽을 수 있어 참 좋았다는 이야기들, 그리고 모르는 이들의 책장 한편에 고이 꽂혀 있는 책을 사진으로 보았을 때 느꼈던 행복감은 태어나 처음 경험해보는 감사함과 기쁨이었다.

〈유럽이 나에게 들려준 이야기〉는 지난 시간동안 사랑에 빠졌던 유럽을 마주하며 느꼈던 모든 마음과 생각들을 정리하여 한 권으로 묶어낸 책이다. 유럽에서 공부도 하고, 살아보기도 하고, 기도도 하고, 여행도 다니며 품어왔던 수많은 일상과 추억들을 잊고 싶지 않고 잃고 싶지 않아, 사진과 글로 담아내었다.

그동안의 시간 동안 역시나 또 유럽을 찾았었다. 오래간만에 마주한 유럽은 첫 발걸음부터 내가 이렇게 발걸음이 가벼운 사람이었나 싶을 정도로 마음을 하늘 위로 둥둥 떠다니도록 만들어주었다. 가게 유리창에 비친 내 모습을 보니 볼이 빵빵해지도록 행복한 표정을 짓고 있어, 난 유럽을 어쩜 이토록 좋아할까? 하는 생각도 들었다.

그곳에서의 내 모습은, 내가 사랑하는 나 자신의 모습인 것만 같았다. 작은 것들에 감탄하고, 소소한 우연에 손뼉을 치고, 걷는 것을 싫어한 게 맞나 싶을 정도로 온종일 신이 나서 걸어 다니는 내 모습이 참 반짝반짝해 보였다.

오래된 친구와 같이 오래간만에 만나도 어색하지 않게 큰 품으로 다정하게 맞아주는 사랑하는 나의 유럽. 이토록 사랑하는 유럽 역시, 오래간만의 내가 반갑기를 바란다.

2020년 봄 그리고 초여름

유럽이 미치도록 좋다. 우연한 기회에 프랑스로 성지순례를 가서 파리에서 보냈던 사흘간의 시간과 떼제에서 보냈던 일주일, 그렇게 총 열흘간의 첫 유럽(정확히 말하자면 프랑스였지만)은 말 그대로 나의 마음을 빼앗아버렸다. 그 후로 매년 유럽을 찾게 될 만큼 지독히도 반해버렸다.

거대한 캐리어를 끌고 한 달 넘게 친구와 단둘이 떠난 유럽 9개국 배낭여행으로 더욱 유럽의 매력에 빠져들었고, 교환학생으로 떠나 잠시 살았던 스웨덴의 작은 마을 칼스타드에서는 자연의 소중함과 여유로움을 배웠다. 또한, 혼자 있는 시간이 많아지면서 나 자신과 많은 대화를 통해 내가 어떤 것에 가슴이 뛰는지, 어떠한 모습이 나 자신인지를 알게 되었다. 북유럽에 살면서 틈틈이 여행도 참많이 다녔다. 친구들과 혹은 혼자서 떠나는 여행을 통해 어디론가 '떠난다'는 것의 간질간질한 두려움과 설렘, 그 맛을 알게 되었다. 그리고 떠나기 전 모아둔 돈으로 장만한 나의 첫 카메라. 사진에 전혀 관심 없던 내가, 하드가 꽉꽉 찰 정도로 사진을 찍어대고 그것이 이어져 사진이 취미가 되었다.

문화콘텐츠를 전공하며 3차원의 공간(space) 안에 의미와 스토리텔링, 그리고 무언가를 스며들게 해 새로운 장소(place)가 탄생하는 전시에 큰 매력을 느꼈다. '전시관'이라는 공간 자체가 좋았다. 그래서 독일 하이델베르크에 있는 미술관에서 반 년간 인턴활동을 하게 되었다. 반짝반짝하고 즐거운 일들만 가득할 것으로 생각하지는 않았지만, 혼자 낯선 나라에 동떨어져 생활하는 것은 생각보다 더 튼튼하고 강한 마음을 가져야 하는 일이었다. 독일에서의 생활은 마냥 즐겁지만은 않았지만, 그래도 나 자신을 돌아볼 수 있고 더욱 씩씩해질 수 있었던 좋은 경험이었다.

이후에도 교환학생으로 스페인에 있던 친구의 '놀러 와!'한마디에 '이때가 아니면 언제!'라는 온갖 핑계와 구실을 대며 스페인으로 날아가서 어느 여행보다도 즐겁고 유쾌하게 3주간의 유럽여행을 했으며, 역시 스웨덴으로 교환학생을 떠난 동생 덕분에 북유럽을 시작으로 5주간 '박자매' 유럽여행을 떠나기도 했다. 사실 동생과 함께한 여행은, 유럽여행이라기보다는 자매 여행이라 말하는 것이 더 맞겠다. 자매가 살면서 이렇게 길게 여행할 기회가 또 언제 있을까 싶어서 질러버린 여행이었고, 덕분에 박자매는 평생 둘도 없을 추억거리를 만들었다.

2010년부터 2015년까지, 매년 유럽과 함께했다. 여행과 공부, 일, 그리고 신앙 활동까지 여러 명분과 목적으로 떠난 유럽이었지만, 유럽을 겪어보며 눈에 비친 그곳의 모습들과 그날의 시선, 그 순간의 감정을 고스란히 담고 싶었다. 중독마냥 너무나도 푹 빠져 앞뒤 안 가리고 참 열심히 찾아갔던 곳, 좋았던 만큼 힘들었던 시기들도 고스란히 담고 있는 곳, 그렇기에 더 애틋한, 나의 눈부신 유럽.

생긴 것도 말투도 살아온 환경도 다르지만, 모두에겐 마음이 있고 감정이 있다. 감정과 마음은 서로 통하고 비슷하며 닮아있는 경우가 많다. 그래서 우리는 너를, 당신을, 이해하고 마음과 몸을 섞어가며 정을 나눈다.

하루하루가 소중한데 기억이란 아주 오랫동안 지속하기도 하지만, 한편으로는 훅 불면 날아갈 정도로 가볍기도 하다는 것을 알기에, 즐겁기도 하고 힘들기도 하고 때로는 엉망인 그 모든 하루라도 모두 기록하는 것이 좋았다. 그렇게 하루씩 담긴 일기장엔 그날의 기분이 담기기도 하고, 그날의 날씨, 그저 그런 별 볼 일 없는 일상, 혹은 문득 떠오른 진지한 생각들, 누구에게도 말하지 못한 나의 깊은 속마음들이 도란도란 담겨 있었다. 참 많이도 쌓아두었던 사진들을 찾아 고르고, 먼지 묻은 일기장을 탁탁 털어 지난날을 되돌아보며 가슴 철렁하기도 하고 즐거운 그리움에 소리도 질러보고, 가끔은 부끄러워지기도 하며, 그렇게 한 권의 책으로 담았다.

많은 것을 배우고 긍정적이게 변화할 수 있게 도와준 수많은 사람과 수많은 날의 공기, 예뻤던 날과 슬펐던 날, 위로가 되어준 사진과 노래, 어여쁜 한 토막의 글 그리고 이 세상의 모든 즐거움, 하늘에 계신 사랑하는 할머니, 엄마 아빠 그리고 하나뿐인 나의 여동생, 이 책이 나오기까지 많은 도움을 준 그대들에게 온 마음을 다하여 감사함을 전한다.

소박한 사진과 글들이지만, 이 넓은 우주 누군가 이를 보며 마음 따스해지고 고개 끄덕일 수 있다면 마음 가득 벅찰 것 같다. 매일매일 휴일처럼, 매일매일 온전한 하루를 살아가는 오늘이 되길 바라며!

Everyday Holiday, Everyday My day!
여름 앞에서, 박신형

Contents

01 서로 다른 우리가 사랑하는 방법

16   꽤나 성숙했던 우리
18   곱씹으며 알아가기
22   언제나 네 편
24   뒷모습
28   서로 다른 우리가 사랑하는 방법
30   귀여운 쌩뚱함
32   그 어느 여름날
34   너와 나의 시간
36   우리 둘만의 반짝이던 순간
40   나와 온도가 맞는 당신
42   멍 때려도 되는 사이
44   3분, 황홀한 순간
46   엄마와 여행가방
48   사람들은 모두 변하나 봐
52   설레는 곳
56   오늘도 깃털을 날리자
58   완벽한 장면
60   매직나이트
62   정갈하고도 다정한 마을
66   침묵의 숲
68   dear my grandma

02 나는 자유로웠다

74   가슴이 먹먹해질 정도의 그리움

76   부러움

78   나는 자유로웠다

80   다 괜찮아졌다

82   안녕, 깜장 머리

84   의자 두 개

86   첫 '혼자' 여행

88   오래된 책방

90   모든 게 다 용서되는

94   그 여자의 취향

96   혼자 여행, 그 매력

98   나만의 처방전

104   프랑스에서 만난 독일

108   섹시함의 기준

110   장난감 나라

112   세상의 끝, 모허 절벽

114   조금은 덜 아쉬워하기

118   위대한 자연, 그 속의 나

120   한 뼘만큼의 용기

122   혼자 있는 시간

124   매일 매일 가득하게

03 사소함의 기쁨

128   무지개
130   사소함의 기쁨
132   봄날, 꿈
134   나무 그리고 나
136   살고 싶은 도시
138   골목길
140   기차역 앞 1유로 커피
142   그 어느 겨울날에 말이야
146   아시시 단골집
148   결혼식에 대한 환상
152   Dream Building
154   그림이 그리고 싶었어요
156   동생의 스케치북
158   휴가 마지막 날의 기도
160   하루의 유일한 위로
164   좋아하는 여행의 순간
168   리스본 주황빛 하늘
172   오렌지 빛, 아시시
176   빨간색 STOP 표지판
180   분홍색 골목길

04 반짝반짝하게 걸어가야지

184 꼬수운 위로

188 10월의 어느 멋진 날

190 인생법칙

192 반짝반짝하게 걸어가야지

194 찬란한 순간

196 우주 만세

198 지금 이 순간

200 돌길

202 그저 그날의 공기가 좋았을 뿐

206 나의 '오늘'에게 있을 때 잘하기

208 How was your day?

212 어느 완벽한 하루

216 그날의 기도

218 안부를 묻는다

220 하루를 지내는 방법

224 반 고흐를 위한 기도

226 동화 속 작은 마을

230 가을 겨울 봄 여름 그리고 가을

234 나는 에든버러에 있다

244 행복이 내 곁으로 왔을 때

248 나만의 로맨틱 유럽

눈 마주치고 '사랑해'라고 속삭이는 그 한마디가 꼭 필요한 사람일 수 있다. 그러기에 나는 조금 쑥스럽고 서툴지만 너에게 사랑한다 말하고, 너는 내가 건네준 노래의 플레이리스트에서 '널 향한 나의 마음'이 들리기를.

01

서로 다른 우리가　사랑하는 방법

꽤나
성숙했던 우리

스웨덴 시절을 회상하면 가장 먼저 떠오르는 것이 칼스타드 호숫가에 아슬아슬하게 걸터앉아 친구와 샌드위치를 먹으며 이야기를 나누던 모습이다. 조금만 엉덩이를 뒤척여도 잘못하면 풍덩 하고 호수로 빠질 수도 있는 그 위험한 곳을 우리는 좋아했다. 스웨덴에서의 마지막 날에도 꼭 해야만 하는 의식마냥 그곳에서 맥주 한 잔 짠~ 했으니 말이다. 수다가 아닌 '이야기를 나누던 모습'이라고 굳이 말하는 까닭은 대화 내용이 기억나지는 않아도 우리가 나누었던 대화들이 꽤 진지했기에, 수다로 치부해버리기엔 뭔가 섭섭한 느낌이랄까.

떠올려보면 그때의 너와 나, 우리는 마냥 어리지만은 않았던 것 같다. 지금과는 다른 고민으로 마음 앓이도 하고, 촌스럽고 어설프지만 친절한 위로도 해주었다. 또한, 처음 느껴보는 자유로움과 넓은 세상, 수많은 새로운 경험들에 감사하고 어여삐 여길 줄 알았던 '꽤나 성숙한' 우리였다.

아시시, 이탈리아

곱씹으며
알아가기

함께한 시간이 꽤 길었다 해도, 서로 너무나 사랑한다 해도, 어느 정도 알 만큼 알았다고 해도, 말하지 않고 대화하지 않으면 상대방의 마음을 알 수가 없는 거니까. 내가 굳이 말하지 않아도 네가 나의 마음을 알아주기를 바라고, 너는 나를 잘 아니까 설명하지 않아도 이해할 수 있어야 한다는 생각은 너무나도 큰 욕심이라는 것을 깨달았다.

내 마음도 잘 모르는데 네 마음마저 내가 알기란 퍽 어려운 일이다. 우리는 서로 다른 사람이니 이해하고 잘 어울리려면 더 많이 대화하고 서로 간의 배려가 필요함이 당연하다. 이십 년 넘게 내가 나와 1초도 떨어지지 않고 함께 했음에도 가끔 내 마음을, 내 의지를, 내 머릿속을 까마득히 모르겠어 답답할 때도 있으니, 부디 '넌 어찌 그리 나를 모르니!'하는 말은 앞으로 하지 않으련다.
가끔은 답답할 수 있고, 생각보다 느릴 수도 있지만, 더 많이 대화하고 나와 너의 마음을 나누며 서로를 알아가고 그대가 누군지, 어떤 느낌인지, 천천히 느끼고 곱씹으며 알아가도록 하자.

그렇게 너와 나를 더 온전히 담아 가며 사랑하자.

언제나
네 편

누군가에게 위로를 잘하지 못하는 사람이라는 생각을 한 적이 있다. 사랑하는 사람들에게 힘겨운 일이 생겨 내가 위로해줘야 하는 상황이 오면, 당황스럽게도 자신이 없어졌다. 내 진심은 그대들을 너무나 아끼고 걱정하는데, 상대가 많이 무너져있는 상태에서 어떻게 그들의 마음에 조금이나마 힘이 될 수 있을까, 널 응원한다는, 괜찮다는 그 마음을 어찌 전달해줄 수 있을까, 혹여나 의도치 않았지만 내가 하는 말에 상처를 받으면 어쩌나. 그들에게 받은 위로는 너무나도 고마웠고 힘이 되었는데, 내가 그렇게 해주지 못하면 어쩌나 하는 '조심스러운 미안함'의 감정이 생겼다.

그런 상황이 생길 때마다 많이 고민하고, 말을 아끼고, 더 생각했다. 위로라는 것이 꼭 찬란한 말을 해야 진심이 제대로 전달되는 것도 아니고, 때로는 아무 말없이 옆에 있어 주는 것이 더 큰 힘이 될 때도 있다는 것을 알기에.

위로 전도사가 되고 싶다는 것이 아니다. 내가 사랑하는 사람들이 어려움에 빠져있고, 어찌할 바를 모르고 울고 있을 때 같이 훌쩍여주고, 지난 어느 날 내가 위로받았던 책을 선물해주고, 달콤한 코코아 한잔 건네주며 "이거 내가 특별히 널 위해 만든 완전 짱 맛있는 코코아야!" 하고 귀여운 생색을 내고 싶다.

그러하기에 오늘도 나는 발을 동동 구르고 있는 나의 사람에게 조심스럽게 말한다.

난 언제나 네 편, 언제든 연락해.

뒷모습

피렌체에 머물며 당일치기로 근교에 있는 시에나를 찾았다. 영화 속 여주인공의 이름같이 우아한 이름, 시에나. 골목골목을 따라 이동하다 보면 펼쳐지는 커다란 광장, 한 톤 정도 가라앉은 듯한 분위기, 깔깔 배를 움켜잡고 웃는 웃음보다는 슬며시 지어지는 미소가 더 어울리는 곳.

골목을 따라 걷다 부채꼴 모양의 커다란 광장도 들르고, 대성당 구경도 하고는, 발길 닿는 대로 시에나를 걸었다. 얼마나 걸었을까, 오르막길을 힘들게 올라가다 다정하게 손잡고 가는 노부부의 모습을 보고는 카메라를 꺼내 사진을 찍었다. 오르막길이라 힘들 텐데 아내의 손을 딱 잡고는 이끌어주는 남편의 뒷모습이 너무나 든든해 보였다.

여행을 다니다 보면, 손을 꼭 잡고 걸어가는 커플들을 종종 마주칠 수 있는데 그 중 머리가 희끗희끗한 노부부의 뒷모습은 언제 봐도 따스하다. 조금 느린 걸음이지만 오랜 시간 동안 맞춰진 두 사람의 걸음걸이로 한 발자국씩 나아가는 모습, 닮은 얼굴로 웃는 모습을 곁에서 훔쳐볼 때면, 분홍빛 오로라가 슬며시 퍼지는 것 같다고 할까.

나 역시 나이가 들고 주름이 생기고 머리가 희끗희끗해지더라도, 나와 한평생 함께한 사람과 지금보다 더 느린 걸음과 보폭으로 여유롭게 유럽의 예쁜 골목을 걷고 싶다.

지금보다 더 거칠고 주름도 많아진 손이겠지만, 오랜 시간 익숙해져 내 손에 꼭 맞는 그이의 든든한 손을 잡고 그렇게 걷고 싶다. 그리고 누군가도 나와 그이의 뒷모습이 아름답다며 사진 한 장 찍어준다면, 아아, 그보다 더 로맨틱 한 일이 있을까.

서로 다른 우리가
사랑하는 방법

나의 일주일, 나의 하루, 나의 오늘, 언제나 당신은 내 안에 가득한데
그런 마음을 완벽하게 전달하기란 애초에 불가능하다.

우리는 무척이나 간지럽고 유치해 죽겠더라도, 계속해서 나의 마음과
생각을 표현해야 한다. 어렴풋이 짐작하며 '아마 그럴 거야, 그러겠
지.'하며 합리화 혹은 아는'척'하는 것보다는 상대방의 표현으로 잠시
부끄러워지더라도 확실하게 감정을 확인하는 것이 훨씬 더 건강하니
까. 머리든 감정이든 마음이든 뭐든 다.

영국, 런던

너와 나는 서로 다른 사람이니까, 네가 좋아하는 달콤한 아이스크림을 함께 먹고, 네가 좋다고 한 플레이리스트의 노래를 듣고,
자기 전에는 잘자 하는 인사를 나누는 것이 나의 사랑을 말해주는 방법이라 생각하고 너도 그런 나의 사랑을 느끼고, 나와 같이 느낄 것으로 생각했지만, 우리는 서로 다른 사람이니까.

너에게는 그보다 눈 마주치고 '사랑해'라고 속삭이는 그 한마디가 꼭 필요한 사람일 수 있다. 그러기에 나는 조금 쑥스럽고 서툴지만 너에게 사랑한다 말하고, 너는 내가 건네준 노래의 플레이리스트에서 '널 향한 나의 마음'이 들리기를. 서로 다른 우리가 사랑하는 방법.

귀여운
생뚱함

숙소 주인아저씨가 추천해준 리옹의 'nice view' 자리를 찾아 오르막
길을 한참 올라가던 중, 멋들어지게 그려진 벽화 가운데 낙서를 보고
는 사진을 찍을 수밖에 없었다. 고등학교 때 같은 반 친구였던, 노트
한구석에 저 낙서와 비슷한 그림을 그리던 무척이나 엉뚱하던 그녀가
생각났기 때문이다. 못난이 낙서 같아 보이면서도 그 친구의 색깔이

너무나 확실하게 보여 이 친구는 대체 어떤 생각을 하며 살아가는 걸까 참 많이도 궁금했었는데, 톡톡 튀게 엉뚱하던 그녀는 고등학교를 졸업한 후 문득 준비도 하지 않았던 미대에 덜컥 입학하더니 이제는 철학 대학원을 준비 중이란다.

길을 걷다가, 그림을 보다가, 하늘을 바라보다가 혹은 그냥 멍하니 앉아 있다가, 갑자기 누군가가 생각날 때가 있다. 심지어 자주 만나는 것도 아니고 연락하는 것도 아닌 생뚱맞은 사람.

길 가다 마주친 온갖 동물 친구들이 담긴 사진,
물감 타 놓은 듯한 분홍빛 하늘,
툭툭 던지는 말투지만 괜스레 짠해지는 글,
강의실 가는 길에 오도카니 있던 낡은 벤치,

'이걸 보니 네가 생각났어.'라는 말은 참으로 생뚱맞지만
두 사람만이 알 수 있는 그 무언가로 인해 얼마나 귀엽고 따스한지.
누군가 스쳐 가는 생각으로, 메시지 한 통으로, 잠시 기분 좋게
웃을 수 있다는 건 또 얼마나 가슴 벅찬 일인지, 우리는 잊고 산다.

'누군가'도 '무엇'을 보면 내가 생각날까?
하는 참으로 사람다운,
귀여운 생뚱함.

그
어느 여름날

친구와 함께한 3주간의 시간은
흠잡을 것 없이 신나고 즐거운 일들만 가득했던 여행이었다.

나이를 먹고 시간이 흐르고 다른 생각할 것들이 많아지고
나중엔 기억과 추억이 흐릿해지는 그 어느 때가 오더라도,
어느 여름날은 내 머릿속에서 잊히지 않았으면 좋겠다.

우리는 그 순간의 소중함을 알고,
그 시간을 평생 꿈처럼 그리워할 것이라는 걸 안다.

너와 나의 시간

둘만의 시간이 있다. 사실 꼭 둘이 아니어도,
셋 또는 넷이어도 상관은 없지만, 물론 혼자일 수도 있고.
그들 사이에 일어난 일을 다른 사람에게 아무리 말로 전달해주고,
상세히 얘기해준다고 해도 모든 것을 다 전달할 수는 없다.

둘 사이에 일어난 일, 공유했던 시간, 그때의 감정,
그 날의 공기와 바람까지도, 그것은 오로지 둘만의 시간이므로.

그러기에
오늘도, 지금 이 순간 너와 함께하는 시간은 나에게 참 소중하다.
일상 중에 스쳐 지나가는 그저 그런 하루가 될 수도 있지만,
시간이 흘러 나중에 되돌아보면 그리 특별하지 않아 보였던
함께 차 한 잔 마시는 오늘의 우리도,
그 속에 나누었던 우리의 대화도
어느 날 문득 하나의 특별함이 될 수 있기에.

너와 나. 그 안에서 생겨나는 관심과 애정. 공유의 소중함
그리고 그 관계. 아름답다.

우리 둘만의
반짝이던 순간

스페인에 있는 친구의 '놀러 와!' 한마디 말에 비행기 표를 질렀다.

혼자 있는 것을 좋아하고, 혼자 여행하는 것을 더 좋아한다 생각했지만, 찹쌀떡마냥 죽이 척척 잘 맞는 친구와 함께한 스페인 여행은 가장 즐거운 여행으로 기억에 남는다. 친구 집에 머물면서 마드리드 동네를 구석구석 돌아보고, 근교에 있는 쿠엥카라는 예쁘고도 어마어마한 마을에도 다녀왔으며, 스페인 남부 지방 말라가 그리고 프랑스 리옹으로의 짧은 여행까지. 몹시도 알찬 여행이었다.

화장실 가는 시간을 제외한 24시간을 매일같이 붙어있게 되니 아무리 가까워도 평소에는 몰랐던 친구의 색다른 모습을 알 수 있었고, 생각지도 못한 어느 나지막한 순간엔 서로의 깊은 마음을 슬며시 꺼내 보여주던 우리 둘만의 반짝이던 순간도 있었다.

그럼에도 가장 기억에 남는 순간은 마드리드에 있는 친구 방에서 두 여자가 무지막지한 쌩얼과 목 늘어난 티셔츠를 입고 팝콘 한 사발을 옆구리에 끼고는 깔깔거리며 밤새 섹스앤더시티를 보던 순간이니, 아

아 함께란 참 재미나다.

혼자가 아닌 누군가와 함께 여행한다는 것은, 내가 좋아하는 것만 즐길 줄 아는 것에서 상대방이 좋아하는 것까지 경험해 볼 수 있어 매력적이다. 그로 인해 새로운 것을 알게 되고, 낯설거나 혹은 나와 어울리지 않을 거라 지레짐작하고 관심조차 주지 않았던 것을 함께하는 이 덕분에 마주할 수 있다.

혼자였을 때 느끼지 못했던 충만함을 느낄 수 있는 이것이야말로, 함께의 가득함.

나와
온도가 맞는 당신

햇살이 쨍쨍, 아니 짱짱했던 그 날, 레모네이드 하나씩 사들고는 친구 집 근처 마드리드 레티로 공원에서 즐겁고도 심심한 시간을 보냈다. 참고로 나는 심심한 시간을 꽤 좋아하는데, 평소에는 내 안으로 굽어 있던 나의 시선들과 신경들을 잠시 주변으로 펼쳐볼 수 있기 때문이다.

길거리 악사 아저씨의 이름 모를 악기 연주 소리에 귀 기울이고, 한국에 있는 친구에게 편지를 쓰고, 특별할 것 없는 눈앞의 나무들과 풀밭을 노트에 옮겨 그렸다. 그렇게 심심한 시간을 보내고 집으로 돌아가는 길은 괜스레 즐거웠다. 그 순간을 기록하기 위해 짱짱 햇빛이 만들어준 아주 진한 우리의 그림자를 찰칵.

들뜬 기분이 하염없이 하늘 위로 퐁퐁 올라갔다. 시간을 함께 보낼 수 있게 흔쾌히 나를 불러준 친구가 고마워서, 몇 주간 트러블은 커녕 애정이 더욱 깊어가는 내 옆의 친구에게 '우리는 참 온도가 잘 맞는 사이'라며 느닷없는 고백을 해버렸다.

사람과 사람이 만나는 일에 대해 펼쳐 놓은 말들이 수도 없이 많지만 진부한 이야기임에도 불구하고 계속해서 말하게 되는 까닭은 내 옆에 있는 나의 사람들, 나와 너의 인연에 대해 우리는 문득문득 감탄하기 때문이 아닐까.

나와 온도가 맞는 사람을 만난다는 것이란,
참으로 기적 같은 일이다.

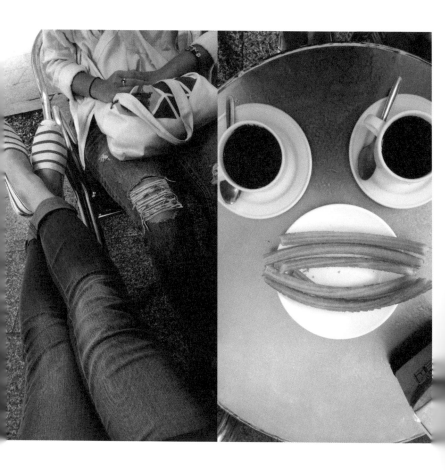

멍 때려도 되는
사이

마드리드 구석구석을 돌며 폭풍쇼핑을 마치고 초콜릿 차와 츄러스로 유명한 'San Gines'를 찾았다. 머리가 핑핑 돌 정도로 달콤한 초콜릿과 바삭바삭한 츄러스를 파는 곳인데, 몇 년 전 배낭여행으로 찾았을 때와 똑같은 모습이었다.

땡볕에 지칠 대로 지쳐버린 친구와 나는 미친 듯이 달콤한 초콜릿 차와 츄러스를 먹으며 아무 말도 나누지 않았다. 아마 그렇게 한참을 멍 때리며 있었던 것 같다.

달콤한 초코렛 차 덕분이었을까. 에너지를 되찾은 우리는 여느 때와 같이 다시 폭풍 수다를 떨었다.

멍 때리며 한참을 있어도 어색하지 않고, 나만의 상상궁전에 잠시 들어갔다 와도 괜찮은, 그러다가 머릿속에 떠오른 어이없는 이야기를 편하게 꺼내어도 아무렇지 않게 대화할 수 있는 친구가 있다는 것은 정말이지 복 받은 일이다.

3분,
황홀한 순간

어느 가을날, 생일 선물로 탔던 에펠탑 앞 회전목마.
3분간의 황홀했던 순간이,
가끔 우울한 날의 나를 일으켜 세워주는 동화 같은 경험이었기에,
함께 찾은 파리에서, 동생에게도 황홀한 3분을 선물했다.

동생은 이날을 여행 중 최고의 순간으로 꼽았다.
아직도 그때 이야기를 하면 얼굴 가득 화색이 도는 동생 덕분에
내가 더 행복하다.

동생에게 3분간의 꿈같은 시간을 선물해주며,
언젠가 네 소중한 사람에게 3분을 꼭 선물해주라고 말했다.
그 사람 역시 또 누군가에게 3분을 선물하고,
그렇게 하나둘, 이 선물이 온 세상에 퍼졌으면 좋겠다.

엄마와
여행가방

내가 멀리 떠나기 전, 엄마는 일주일 전부터 내 짐을 싸기 시작했다. 리미트인 23kg을 맞추기 위해 짐을 꾹꾹 눌러 담고, "들고 올라가 봐" 하며 체중계를 나의 발치에 밀어주고, 혹시라도 액체류가 터질까 봐 티셔츠에 돌돌 싸매고, 뽁뽁이로 둘러싸고.

새로운 곳으로 간다는 설렘과 이곳을 떠난다는 은밀한 기쁨, 걱정은 되지만 '엄마가 도와주겠지!'하는 철없는 내 마음과는 달리 우리 소녀 같은 엄마는 울음을 참으며 짐을 쌌던 것 같다. 다 키워놓은 딸내미는 허구한 날 나가고 싶다며 틈만 나면 집 떠나 바다 건너로 나가려 했고, 엄마는 그런 딸내미를 응원하면서도 "네가 없으면 어떡하니?"하며 귀여운 투정을 부리곤 했으니까.

공항에서는 애써 괜찮은 척 "씩씩하게 있다 와!"했던 엄마는 집에 가서 점심도 거르고 내 방 침대에 한참을 누워있었단다. "엄마 왜 그래?"라는 동생의 말에 "가슴이 먹먹해~"하며 훌쩍인 우리 엄마.

나와 동생은 그런 귀여운 엄마를 무척이나 놀렸다. 이 에피소드는 항상 엄마를 놀리기 위한 귀여운 이야기인데 저녁과 밤사이 애매한 시간에, 잠시 성당에 가있는 엄마가 뜬금없이 보고 싶어진다.

사람들은
모두 변하나 봐

지도도 없이 그저 발길 닿는 대로, 마음이 원하는 길을 따라 리옹을 걸었다. 어떤 건물인지도 모르는 시계탑과 맑은 색의 하늘이 마음에 들어 별생각 없이 셔터를 눌렀다.

각 잡힌 듯 제대로 예쁘게 찍힌 사진이 좋고, 비 오는 날은 끔찍이도 싫어하고, 정갈하게 정리된 것을 좋아하고, 어딜 가던지 꼼꼼하게 계획하는 것을 좋아했던 나는 언제부터인가 아무 계획 없이 길 따라 날씨 따라 타박타박 거리를 돌아다니고, 옅어진 비 냄새를 좋아하고, 핫플레이스가 아니더라도 그냥 왠지 마음에 들면 스쳐 가던 골목길이라도 멈춰 서서 찰칵 사진 찍는 것이 좋은 내가 되었다.

변한다는 건 어떤 것일까? 절대 변하지 않았으면 하는 사랑 역시 아주 자그마한 일부라도 변하게 되면 그것에 속상해하고 상처받고 아쉬워하는 것보다는 오히려 시간이 지나면서 조금씩 변하고 달라지는 모습을 보며 매일 새롭고 그로 인해 설렐 수 있는데.

복잡 미묘한 사람과 사랑이 변하지 않길 바라는 것은 모순이다. 그러니, 앞으로 '너 변했어!'라는 말은 힐난이 아닌 칭찬으로 쓰는 거로!

파리를 몹시도 사랑한다면,
리옹에 더더욱 빠질 수 밖에 없을걸

설레는 곳

출발과 도착이 함께 하고,
만남과 헤어짐이 공존하는 곳.
공항, 기차역, 버스정류장에 가면 유난히 사람 구경이 재미나다.

오랜만에 만난 가족을 부둥켜안고 반가움의 소리를 지르는 사람들.
떠나보내는 사람이 아쉬워 문이 닫히는 마지막 순간까지 눈길을 놓지
못하는 사람들,
새로운 곳으로 가는 한 그릇의 설렘과 작은 두려움을 안고 몇 번이고
플랫폼과 표를 체크하는 사람들,
드디어라는 표정을 얼굴에 새기고는 목적지에 도착한 사람들,
혼란한 틈 속에서 매일 자신의 삶을 살아가고 있는 사람들,
어디로 가는지도 모르고 유모차 안에서 방긋방긋 어디론가 떠나는 작
은 아기들,

그리고 그 모든 사람을 구경하는 나.

오늘도
깃털을 날리자

"에이 할 수 있어. 저번에 보니까 잘하던데 뭐"
"네 음악 선곡 정말 마음에 들더라"
"너 운전 진짜 잘하던걸"
"네가 그린 그림은 참 느낌이 좋아"
"네 글은 담백해서 좋더라"
"너 그렇게 잘 웃는 거 참 예뻐"

사소하지만, 마음에 차곡차곡 쌓이는 칭찬들.

깃털같이 가볍게 날아오더라도
내 마음에는 참 큰 용기와 힘이 되어주는,

오늘도 깃털을 날리자.

완벽한 장면

"언니, 나는 지금 이 순간,
누구든 손에 꽃반지 끼워주며 프러포즈하면 Yes라고 할지도 몰라"
완벽한 순간이라고 느껴지는 때가 있다.

화려한 꽃과 장식, 현란한 조명들로 꾸며진 것이 아닌
그날의 햇빛과 바람 그리고 하늘,
주변의 공기와 분위기가 만들어낸 마법과 같이 완벽한 장면.

이날이 그랬다.
천천히 하늘을 물들이는 노을,
사랑하는 사람들과 함께하는 즐거운 웃음소리,
두 볼에 느껴지는 선선한 바람,

낭만적이었다.

동생도 그 공기의 낭만을 느꼈던 것일까.

맥주 한잔 마시며 노을을 바라보던 동생은,

지금 이 순간이라면 다이아 반지가 아닌 꽃반지라도

흔쾌히 청혼을 수락할 수 있다며,

그 낭만에 대한 귀여운 소망들을 마음껏 풀어놓았다.

매직나이트

동생과 함께하는 여행 마지막 날. 바르셀로나에서의 마지막 날을 어떻게 하면 특별하게 보낼까 알아보던 중, 까사바뜨요에서 진행하는 매직 나이트라는 공연을 알게 되었다. 다른 일정들로 인해 조금은 무리일까 싶었지만, '매직'이라는 말을 듣는 순간 왜인지 꼭 가야만 할 것만 같아 홀린 듯이 예매했다.

매일 저녁, 가우디의 까사바뜨요 건물 옥상에서 마법과 같은 밤을 선사해준다는 매직 나이트는 매일 다른 공연이 펼쳐진다. 해가 막 질 즈음 옥상에 올라가니 '마법'은 이미 시작된 것 같았다. 가우디의 멋진 건축물과 조명, 그리고 노을이 막 물들기 시작하는 하늘과 샴페인 한 잔까지 모든 것이 완벽하게만 느껴졌다.

한참 분위기에 취해갈 때쯤, 공연이 시작되었다. 가족과 함께 온 사람들도, 사랑하는 연인과 함께 온 사람들도, 엄마 손을 잡고 온 금발의 예쁜 꼬마 아가씨까지 모두 분위기에 취해 행복한 미소를 마음껏 지었다. 가사도 모르는 곡들도 많고, 처음 듣는 노래들도 많았지만 그러면 어떠하랴. 마법과 같은 밤, 황홀함에 취해 춤도 추고 같이 노래도 흥얼거리며 마지막 날을 마무리했다. 그야말로 Magic Night!

정갈하고도
다정한 마을

헬싱키에 머무르며 하루쯤 가볼 만한 근교를 찾다 포르보를 가기로
했다. 버스를 타고 한두 시간쯤 가면 도착하는 작고 작은 마을.

여행 초반 부풀어버린 설레는 마음을 안고는 포르보에서 반나절을 보
냈다. 널따란 하늘과 진한 벽돌색의 빨간 집들, 새 소리가 자주 들리
는 조용하고도 한적한 곳. 맑은 강이 아닌 흙탕물의 강이었지만, 포르
보를 즐기기에는 전혀 방해되지 않았다. 푸른 하늘과 햇살 그리고 가
본 적 없는 새로운 곳이라는 사실 만으로도 즐거웠다. 강가를 거닐며
나무 한 그루와 저 멀리 정겨운 집들을 배경으로 한참을 서로 사진을
찍어주느라 10분이면 걸었을 거리를 한 시간도 넘게 걸렸으니.

포르보의 관광지는 다 둘러보는데 두 시간도 채 안 걸릴 것이다. 아기
자기한 상점들을 둘러보고, 애교 많은 고양이도 만나고, 점심 식사도
하고, 소품 가게에서 구경하던 중 주인아주머니께서 검정 머리의 두
동양인 여자들을 보고는 매우 반가워했다. 한국에서 왔다는 이야기를
듣자, 더더욱 반가워하며 아들이 한국으로 교환학생을 갔다고 했다.
반가운 마음에 이야기를 나누어보니 동생과 같은 대학교에서 교환학

생 중이었다. 신기해라. 인연이란.

작은 마을, 작디작은 가게에서 이어진 신기하고도 재미난 인연. 아주
머니는 한참을 얘기하더니 명함과 작은 기념품을 건네주었다.

한 장소가 어떠한 색과 어떤 온도로 기억되느냐는 이처럼 인연과 사
람으로 인한 경우가 많다. 우리 자매를 마치 친한 사람처럼 호탕한 웃
음과 따스한 마음씨로 반갑게 맞아준 아주머니 덕분에, 포르보는 더
욱 정감 있고 다정한 마을로 기억되는 것일지도 모른다.

침묵의
숲

떼제에는 '침묵의 숲'이 있다. Silence forest. 처음 침묵의 숲이라는 말
을 들었을 때 공포영화의 한 장면이 떠올랐지만, 햇살 쨍쨍한 어느 평
일 오후에 방문한 그곳은 파라다이스였다. 숲 전체에 고요함이 흐르
고, 바람 소리와 새소리, 그리고 작은 웃음소리만이 들리는 아름다운
침묵의 숲. 때로는 끊임없는 설교나 말보다, 쓰다듬어지지 않는 소용
없는 위로보다, 허공으로 사라져버리는 무수한 말들보다, 침묵이 무
엇보다도 크고 단단한 위로임을 떼제는 알고 있나 보다.
처음에는 괜스레 어둡고 무겁게만 느껴지던 침묵이 초록빛 숲을 거니
는 동안에 참으로 커다랗고 잊어서는 안 되는, 묵직한 울림으로 다가
왔다.

누군가와 함께이면서도 침묵이 있음은, 서로가 서로에게 더 집중할
수 있는 또 하나의 방법이 될 수 있겠구나 싶었다. 함께 조용히 풍경
을 바라보는 시선과 비슷한 속도의 발걸음이, 너와 나를 더 잘 알고
깊어질 수 있게 도와줄 수도 있겠구나. 떼제는 나에게 너무나도 많은
것을 알려주었다.

할머니와 손녀가 손을 잡고 걸어간다. 부럽다. 할머니와 함께인 가족들을 보면 어김없이 사랑하는 나의 할머니가 생각난다. "할머니~ 나왔어요!" 하면 언제나, 정말 언제나 함박웃음 지으며, "아이고~우리 똥강아지 왔는가!" 하고 양팔 벌려 나를 반겨주던 사랑하는 나의 할머니.

할머니가 돌아가시고도 한동안 할머니가 세상을 떠났다는, 이제 너무나 보고 싶어도 볼 수 없다는 사실을 쉽게 받아들이지 못했다. 아마도 나이가 들어 삶과 죽음을 어렴풋이 이해할만한 나이가 되고 처음으로 사랑하는 사람이 곁을 떠난 일이기에 그러할 수도 있겠다.

할머니가 그리울 때는 수도 없이 많다. 그중에서도 가끔 여행을 다니다 카페에 앉아있는 백발의 할머니 할아버지를 볼 때면, 할머니가 너무나도 보고 싶어진다.

할머니와 하고 싶은 것들은 수도 없이 많지만, 시간을 돌려 할머니가 건강했던 시절로 갈 수 있다면, 예쁘고 맛있다고 소문난 카페에서 오

손도손 수다 떨며 할머니에게 맛있는 케이크도, 빙수도, 커피도 사드리고 싶다. 외국 나가서도 가리는 음식 없이 다 맛있게 먹었던, 할머니라면 커피도, 빙수도, 케이크도 다 맛있다며 참 좋아했을 텐데….

꿈속에서라도 할머니를 만난다면, 마음속에 간직해두었던 그 예쁜 카페에 함께 가야겠다.

때마침 아무도 없었던 덕에 빛이 가득 들어오는 유리창으로 뒤덮인 이곳에서 꽤 오랜 시간을 보냈다. 특별한 것이 있었던 것은 아니다. 운 좋게도 혼자 그 빛을 듬뿍 만끽할 수 있었던 점. 밖은 추웠지만 유리창을 통해서 보았던 하늘은 투명하게 맑았다는 점…

02

나는

자유로웠다

가슴이 먹먹해질 정도의
그리움

"아, 너무 그리워서 사진도 다시 못 보겠더라."
한 학기 전에 교환학생을 다녀온 한 언니의 말에
"오글거리게 무슨 소리람!"하고 생각했었다.
그러나 나 역시도 스웨덴에서 떠나오기 전
몹시도 사랑스러운 칼스타드의 호수 사진을 찍으며,
'아, 나도 왠지 그럴 것 같아.'라는 생각이 스쳐 지나갔다.
다행히 지금까지도 휴대폰에 고스란히 담겨 있는
사진을 종종 보곤 하지만,
가끔은 다시없을 그 예쁘고 행복했던 시간이 너무나도 그리워서,
그때의 모든 순간과 감정들이 왈칵 쏟아져 내려서,
가슴이 먹먹해진다.

살면서 하나쯤 그렇게 가슴이 먹먹할 정도로
그리워할 순간이 있다는 것,
영화처럼 시간을 되돌려 다시 찾아가고 싶을 정도로
좋았던 순간이 있다는 것이
얼마나 큰 행운이고 축복인지!

부러움

스톡홀름 시내를 돌아다니다 보니
온 사방 건물들이 다 예술작품이어서
도시 전체가 마치 하나의 커다란 전시 공간 같았다.

오래된 것은 부끄러운 것이고,
낡은 것은 새것으로 바꾸어야 한다는 생각에
툭하면 건물을 부수고 다시 짓고, 리모델링 하는 서울과 달리,
오래된 것은 새것의 신선함과는 다른 우아한 매력과 가치가 있고,
시간의 흐름에 따라 낡아가는 그 자체도 멋지다는 것을
그들은 알고 있다.

스스로 자부심을 느끼며 자라온 그들이 부러웠다.

나는
자유로웠다

생각만 해도 기분이 좋아지는 장소가 있다. 그때의 느낌, 감정, 설렘까지 모두 다 선명하게 기억나는 곳. 그런 나만의 장소가 있다는 것은 행운이다.

'립스틱'이라고 불리는 Lilla Bommen Tower. 높은 건물이 별로 없는 예테보리에서 도시 전경을 한눈에 볼 수 있는 곳으로 알려져 있다. 멀리서 봐도 알 수 있을 만큼 거의 유일하게 우뚝 솟은 빨간 건물이다. 그래서 별명이 립스틱!

때마침 아무도 없었던 덕에 빛이 가득 들어오는 유리창으로 뒤덮인 이곳에서 꽤 오랜 시간을 보냈다. 특별한 것이 있었던 것은 아니다.

운 좋게도 혼자 그 빛들을 듬뿍 만끽할 수 있었던 점, 밖은 추웠지만, 유리창을 통해서 보았던 하늘은 투명하게 맑았다는 점, 좋아하는 노래를 반복 재생하며 입 밖으로 흥얼흥얼 따라 불러도 아무도 신경 쓰지 않아도 되었던 점, 높은 곳에 올라가 작게만 보이는 다른 사람들을 하염없이 구경하며 마음껏 멍 때려도 괜찮았던 시간이었다는 사소하고도 별거 아닌 점들에 둘러싸여 있었을 뿐.

그렇게 스웨덴의 우뚝 솟아있는 빨간 건물 꼭대기에서,

나는, 자유로웠다.

다

괜찮아졌다

찾던 길이 아닌 것을 느끼고는 부랴부랴 장난감 같은 트램에서 내렸다. 피곤하고 추웠으며, 낯선 그곳에서 조금은 당황스럽기도 했다. 생각지도 못한 곳에 내려있자니 무엇을 타고 어디로 가야 할지 생각하는 것도 다 귀찮아졌다. 잘 읽히지도 않는 트램 노선표를 한참을 멍하게 쳐다보다 힘이 빠져 고개를 돌렸다.

무심코 고개를 돌린 자리에 있던 모든 풍경에 마음이 뭉클해졌다. 보랏빛의 하늘, 산처럼 높이 솟아있는 도로, 창문틀에 물든 저물어가는 주황빛, 거미줄같이 엉켜있는 머리 위의 트램 선들. 그래서 다 괜찮아졌다. 금방 가야 할 길을 돌아가야 하고 훨씬 더 고생해서 가야 할지라도 잠깐 나는 그 하늘과 풍경에 위로 그리고 감동을 하였으니, 다 괜찮아졌다.

가끔 그냥 주저앉고 싶어질 때, 생각지도 못한 곳에서 위로를 받고 씨익 웃으며 다시 한 걸음 나아갈 수 있기에, 괜찮다. 응, 다 괜찮아지는 것이다.

예테보리, 스웨덴

안녕,
깜장 머리

부활절 기간 떠난 웁살라 여행. 4월이었지만 북유럽이라는 것을 톡톡히 알려줄 셈인지 패딩과 목도리로 꽁꽁 싸매지 않고서는 돌아다닐수 없을 정도로 추운 한겨울 날씨였다. 그렇게 웁살라 구석구석을 혼자 열심히 돌아다니다 차가워진 손도 녹이고 잠시 앉아서 쉴 겸 호텔로비로 들어왔다.

커피 한잔과 사과 하나를 들고 자리에 앉았다. 파란 눈과 금발 머리세상만을 보아온 아이가 까만 눈, 까만 머리의 내가 신기했는지 자꾸만 뒤돌아본다.

프랑스만 가도 굳이 찾아볼 필요 없이 여행 온 한국인들을 여기저기서 마주칠 수 있지만, 스웨덴에서는 유난히 한국인, 아니 아시아 사람들도 찾아보기가 힘들었다. 특히나 내가 교환학생 생활을 했던 '자그마한 시골 마을' 칼스타드에서는 더더욱. 그러기에 버스를 타도, 마트에 가도, 시내를 돌아다녀도 나만 빼고는 모두 금발에 파란 눈인 사람들 사이에 둘러싸인 경우가 꽤 있었다.

처음 버스를 탔을 때 느꼈던 당혹스러움은 아직도 잊히지 않는다. 금발로 가득 찬 버스 안에서 유일한 깜장 머리 여자를 조금은 신기한 듯이 바라보는 그 시선! 물론, 나중에는 아무렇지도 않게 오히려 조금은 내가 유니크해진 것만 같아 즐거워지기도 했지만.

그렇기에 가끔 시내를 돌아다니다 나와 같은 검정 머리의 동양인을 보면 왠지 모르게 그렇게도 반가워져 반가움 가득한 눈빛을 보내다 마음속으로 혼자 인사를 건네기도 했다.

'오, 안녕 깜장 머리!'

의자 두 개

혼자서 씩씩하고 재미나게 룰루랄라 잘 다니다가도 문득, '아, 누군가와 함께였으면!'하고 외로움이 느껴지는 순간은 아주 의외의 상황에서, 굉장히 순식간에, 마음을 다잡을 틈새도 주지 않고 와락 밀려들어온다.

그 날이 그랬다. 참 깔끔한 느낌의 움살라를 즐겁게 돌아다니던 중 복도에 나란히 놓인 의자를 마주했을 때. 그 옆의 커다란 창문에서는 밝은 빛이 참 은은하게도 빛나고 있던 순간, 나는 눈물이 찔끔 날 정도로 외로워졌었다.

혼자 식당에 들어가 밥을 먹는 것도, 무거운 짐을 들고 버스나 기차를 타는 것도, 생판 모르는 사람들과 함께 하는 도무지 익숙해지지 않은 도미토리 침대 위에서도 나는 그리 외롭지 않았다.

'외로울 수도 있으니까 미리 마음을 굳게 먹어야지!'하는 깊은 내면의 방어기제가 나도 모르는 사이에 작동해서 그런 걸 수도 있겠다.

너무나도 다정하게 마주 보고 있는 작은 나무 의자와 누군가와 손을
마주 잡은 채로 두 손을 올려놓기에 딱 알맞은 작은 탁자 그리고 그
작은 공간을 채우는 나지막한 빛.

그 앞에서 나는 느닷없는 외로움과 쨍그랑, 하고 마주쳐버렸다.

첫 '혼자' 여행

처음으로 '혼자' 여행을 한 날이었다.
40일간 친구와의 유럽여행을 마치고 혼자 보냈던 시간.
특히 프랑스 오베르쉬르우아즈에서의 하루를 떠올리면
항상 설레고 두근거린다.

가장 좋아하는 작가 고흐가 사랑했던 마을,
그리고 다수의 작품에 배경이 된 마을을 찾아간다는
설렘이라 생각했는데,
설렘의 이유가 나의 '첫 혼자 여행'이었기 때문이라는 것을 알았다.

처음으로 낯선 나라에서 기차를 타고
혼자 모든 것을 계획하여 돌아다닌다는 것에 대한 걱정과 기대.
이날 나는 비로소 알게 되었다.
함께하는 여행도 가슴 떨리고 즐겁지만,
혼자 하는 여행 역시
너무나도 두근거리는 여행이 될 수 있다는 것을.
혼자 하는 여행의 '맛'을 알아버린 기념비적인 그 어느 여름날.

오래된
책방

오래된 책방은 어디나 두근거리고, 오래된 책은 세월의 묵은 향과 책장을 넘길 때의 사각거림이 참 좋다. 특히나 작은 마을에 있는 오래된 책방을 볼 때마다, 읽을 줄도 모르는 낯선 언어들로 가득한 책들인데도 뭐가 그리도 설레는지.

성당 피정으로 떠난 프랑스 떼제, 일주일 내내 있기에는 조금 무료해져 하루는 근처 클루니 마을로 산책을 다녀왔다. 그곳에서 발견한 이 소박하고도 멋진 책방을 보고는 즐거움에 소리를 꽥 지르면서 룰루랄라 들어갔다. 비록 책방 할아버지와는 봉쥬르 외에는 나눌 수 있는 말이 없어 어색한 미소와 손짓 발짓으로 대화 아닌 대화를 나누고는 엽서 한 장 사 들고 나왔지만, 제대로 된 퀴퀴하면서도 고소한(?) 책 냄새를 맡을 수 있는 오래된 책방은 언제나 나의 발길을 멈추게 한다.

나의 작은 꿈 중 하나는 각국의 언어로 된 '어린왕자' 책을 모으는 것이다. 기왕이면 오래되고 손때 묻은 헌책으로! 프랑스의 많고 많은 헌책방을 들러 아무리 물어보아도-물론 저 작은 책방의 할아버지 역시도-나의 'Le Petit Prince' 불어 발음을 알아듣지 못하였다는 것은 참 슬픈 이야기.

모든 게
다 용서되는

전시가 좋았고, 유럽이 미치도록 좋았다. 유럽에 가서 미술관과 관련
된 일을 하고 싶었다. 다행히 우여곡절 끝에 독일 하이델베르크의 미
술관에서 인턴생활을 하게 되었다. 반짝반짝하고 즐거운 일들만 가득
할 것으로 생각하지는 않았지만, 낯선 나라에 홀로 동떨어져 생활하
는 것은 생각보다 더 튼튼하고 강한 마음을 가져야 하는 일이었다.
인사말 말고는 아무것도 이해할 수 없는 낯선 언어와 익숙해질 법하
다가도 문득문득 낯선 파란 눈의 사람들, 어딜 가든 나 말고는 까만
머리에 까만 눈동자를 한 사람이 없다는 것, 맛있는 걸 먹으며 정말

맛있다! 함께 호응해 줄 친구가 없다는 것이 외롭고, 어딜 가든지 난 괜찮아요! 하며 씩씩하고 밝게 웃는 것이 참 버거웠던 그때.

참 힘든 하루를 마무리하며 집으로 돌아가는 퇴근길에, 저 멀리에 보이는 하이델베르크의 강 저편을 바라보면, 그 모든 게 용서가 되었다. 신기하게도 모든 힘든 것들이 다 사라지며 마음이 편안해졌다. 하루 이틀 지나면 같은 풍경에 지겨워지기도 하고 내성이 생겨 더는 위로가 되지 않을 법도 한데, 이상하게도 저 풍경만 보면 혼자 동그랗게 미소 띄우고 있는 나를 발견할 수 있었다.

생각해보면 학교에 다닐 때도 시험을 앞두고 마음이 갑갑할 때, 친구 때문에 속이 상하고 곤란한 상황에 마음이 복잡할 때면 항상 찾곤 하던 원형극장 계단이 있었다. 그곳에 오도카니 앉아 마음을 한 뼘 정도 진정시키고 때로는 혼자 몰래 눈물 훔치기도 하며 나를 달래곤 했는데, 그 계단이 하이델베르크에서는 강 저편의 풍경이었나 보다.

이제 학교도 졸업했고, 하이델베르크에도 더는 살지 않으니, 집 근처에서 나만의 '모든 게 다 용서되는' 그러한 장소를 하나 찾아봐야겠다. 고구마 열 개쯤 먹은 것 마냥 가슴이 답답할 때, 세상이 자꾸 어디까지 버틸 수 있나 날 시험해 보는 것만 같이 괴로울 때, 그 모든 게 다 용서될 수 있도록.

그 여자의 취향

하이델베르크 구시가지를 따라 걷다 보면, 한눈에 봐도 꽤 오래되 보이는 책방이 하나 있다. 겉에서 보았을 때는 그리 크지 않은 규모일 것만 같은데 들어가면 벽면을 가득 채운 책들로 이루어진, 아래층까지 책들로 빼곡한 커다란 마법의 공간이 펼쳐진다. 뽀송뽀송한 새 책들과 손때 묻은 헌 책들이 한데 어우러진 이곳에서는 책 특유의 냄새가 사방에 흩날린다. 일을 마치고 집으로 가기 전 가끔 이 책방에 들어가 내가 읽을 수 있는 영어로 된 책들을 뒤적뒤적하는 시간을 종종 가지곤 했다. 누군가의 책장에 꽂혀있던 낯설고 나이 먹은 책들이 다시 내 손안에 이렇게 잡혀 있다는 사실은 새삼 신기한 기분을 가져다

주곤 했다. 그리고 사실 책 구경뿐만 아니라 책방 안에 있는 사람들을 구경하는 것도 방문의 큰 이유 중 하나였다고 고백한다.

서점에서 책을 읽는 남자는 섹시하다. 내가 좋아하는 섹션에 우두커니 서서 책을 읽고 있다면, 그의 매력도는 더욱 상승한다. 하루에도 몇 시간씩 기차를 타고 다니던 독일 생활 시절, 기차역이나 기차 안에서 앉아서 혹은 서서도 그 낡은 냄새 나는 종이책을 한장 한장 넘기며 읽던 남자들의 모습에 몇 번이고 반한 적이 있다.

그렇다. 나는 책 읽는 남자에 약하다. 늦은 밤, 서재에서 노란 작은 불을 켜놓고 책을 읽는 머리가 희끗희끗한 남자, 는 생각만 해도 사랑한다 고백하고 싶으니 이 정도면 확실하다.

그 무엇보다 그 남자의 책장에 관심이 있다.

혼자 여행,
그 매력

혼자 여행의 가장 좋은 점은
'내가 하고 싶은 대로' 할 수 있다는 것이다.
내가 가고 싶은 곳에 갈 수도, 내가 쉬고 싶을 때 언제든 쉴 수 있고,
길을 가다 들어가고 싶은 가게가 있을 때
들어가서 이것저것 구경도 하는,
내 마음대로 할 수 있는 '혼자'의 매력은
여행지에서 더욱 도드라진다.

친구와의 스페인 여행에서 서로 잠시 떨어져 있던 반나절 동안
친구가 너무나도 그리웠지만, 한편으로는 오랜만에
'누구도 내게 상관 안 하고,
가끔은 외롭지만, 그 순간을 즐기는 담백한 시간'을 보냈다.

기차를 타고 가는 두어 시간 동안, 혼자만의 시간을 만끽하던 그때,
역시 혼자 음악을 들으며 하염없이 창밖을 내다보던 맞은편 아가씨,
그리고 눈 부신 햇살.
그 순간이 문득 벅차도록 행복해져 발을 동동 굴렀다.

마드리드 레이나 소피아 미술관, 스페인

나만의
처방전

가끔은 이래도 되나 싶을 정도로 모든 머피의 법칙이 나에게 적용되는 날이 있다. 머피의 법칙뿐만 아니라 온갖 자질구레한 일부터 눈덩이만큼 큰일까지 나를 힘들게 하는 검은 그림자가 드리운 날.

아침 일찍부터 일어나 준비했지만 바로 코앞에서 버스를 놓쳐 일과가 엉망이 되고, 분명히 저장해두었던 파일이 귀신이 곡할 노릇으로 사라져버리고, 믿었던 친구가 사실은 내 편이 아니었고, 계약서 쓸 때와는 다른 말을 하는 상사로 인해 갈 곳을 잃고, 마지막 치명타로는 지독한 코감기까지. 모든 것이 망연자실해지고 의욕도 없어지고, 누구에게 이 상황들을 설명하며 억울함이나 답답함을 토로할 힘마저 없을 때가, 일어나지 않는다면 좋겠지만 아주 가끔 닥쳐오긴 한다.

그럴 때면 정신 바짝 차리고 하나하나 해결해 나가야 하는 것이 지당하지만, 안타깝게도 그럴 힘조차 없고 무기력해져 이 세상 아무것에도 신경 쓰고 싶지 않을 뿐더러 모든 것에서 회피하고 싶어지며 나 자신을 조금씩 놓아버리는 경우가 생기기도 한다.

세상엔 그런 날도 있는 것이다. 내 눈앞의 일이, 내 마음이 너무나도 어지럽고, 원 펀치 투 펀치 플러스 어퍼컷까지 두들겨 맞은 나의 마음 때문에 그조차 신경 쓸 여유, 반 뼘의 틈도 없는 날. 그런 날은 그 누구를 만나고 위로를 바라고 듣는다 하더라도 소용이 없다. 괜히 마음은 더 공허해지고 아까운 시간은 가버리고 더 바보 같게도 괜한 사람에게 심통과 심술을 부려버릴지도 모른다.

그럴 땐 혼자 조용한 곳에서 가장 마음에 드는 책을 골라 들고 엄청나게 진하고 아찔할 정도로 달콤한 코코아 한잔을 마시는 거다. 미드 한 시즌 다운받아 아무 생각하지 않고 꼬부랑 말 밑에 있는 자막에 집중하며 모니터에 빠져들거나. 혹은 좋아하는 음악들을 귀에 꽂고는 이런저런 핑계를 대며 가지 못했던 미술관에 가 지금 내 세상과는 다른 세상에 잠시 빠져보는 것도 좋다.

소심하고도 싱숭한, 나의 처방전

뮌헨 알테 피나코테크 미술관, 독일

프랑스에서 만난
독일

독일에서 반년 간 살았지만, 그다지 정이 들지는 않았다.
그렇지만 '독일이기에' 좋은 것은 참 많았다.
독일 제품이라면 가장 좋고 튼튼하다는 보장은 물론 질도 좋으니.

독일의 많은 좋은 것 중에서 독일식 건물이 참 좋았다.
건물 하나까지도 어쩜 그들을 닮아
자로 잰 듯 똑똑 선 그어놓은 것같이 만들었는지.

프랑스처럼 눈이 휘둥그레지는 화려함은 없지만
심플한 멋스러움이 있는 그 건물들이 참 마음에 들었다.

오랫동안 못 봤던 독일의 모습을
독일 국경과 맞닿아 있는 프랑스 스트라스부르에서 원 없이 만났다.

프라하, 체코

섹시함의
기준

기차 안에서 참으로 오래돼 보이는 책을 읽는 중년 남자.

내릴 때가 되면 읽던 페이지 모서리를 살포시 접어두고는,

책을 손에 쥐고 씩씩하게 걸어가는 남자.

차가운 새벽, 머리가 하얗게 센 남자의 뽀얀 담배 냄새.

와이프를 위해 차 문을 열어주며 싱긋 웃는

중년 남자의 너무나도 멋진 눈주름.

서점 한편에 서서 가방은 다리 사이에 놓아둔 채,

열심히 책을 읽고 있는 남자.

늦고 깊은 밤, 서재 불을 켜놓고는 열심히 글을 쓰는,

또는 책을 읽는 남자.

그리고 추운 날씨에 긴 트렌치코트와 모자.

한 손에는 아내를 위해 꽃 한 다발을 사 들고 트램을 기다리는 남자.

몹시 섹시하다.

장난감 나라

높은 곳에 올라가 바라본 풍경은 장난감 나라의 풍경 같았다. 프라하
의 건물 지붕들은 주황, 샛노랑과 새빨강 사이 어딘가에 있는 고운 주
황빛이다. 프라하 시계탑 위에서 바라본 주황빛 장난감 나라.
관광객들로 쉴 새 없이 붐비는 정신없는 시계탑 전망대에서 눈앞의
주황빛 세상을 열심히 렌즈 안에 담다 어느 순간 저 아래의 자그마한
사람들에게 눈길이 갔다. 나도 엘리베이터를 타고 내려가면 똑같이
손톱의 반의반만큼 작아 보일 텐데 신기해서 한참을 보았다.

다들 자기밖에 모르지만, 기가 막히게 남들에게 관심도 많아 그런 게
아닐까 하는 생각이 들었다. 나 역시도 저기 저 파란 모자 아저씨가
어느 골목으로 들어갈지, 얼마나 빠른 발걸음으로 걸어가는지, 누구
와 이야기하는지, 한 번쯤은 고개를 들어 하늘을 바라볼지, 저 아래
에서 내가 보일런지, 괜히 그렇게 아무 이유 없이 한 번도 마주친 적
없을 그들에게 지극하면서도 가벼운 관심을 가졌으니 말이다.

나는 몇 번이나 저 꼭대기에 있는, 높이높이 있는 사람들에게 이런 눈
길을 받아 봤을까나.

세상의 끝,
모허 절벽

아직도 이따금 실감이 나지 않을 때가 있다. 내가 정말 이곳에 다녀왔었나? 절벽을 바라보며 세찬 바람을 맞으면서도, 내 눈앞에 있는 광경을 믿기가 어려웠다. 모허 절벽, 옛날 유럽인들은 이곳을 세상의 끝이라고 생각했다.

오랜 시간 동안 모허 절벽이 버킷 리스트에 담긴 데에는 세상의 끝이라는 느낌을 직접 느껴보고 싶어서가 첫 번째이고, 또 하나는 영화 '해리포터와 혼혈왕자'에서 덤블도어와 해리가 호크룩스를 없애기 위해 순간이동으로 뿅! 하고 나타났던 배경이라는, 지극히 해리포터 덕후다운 이유가 되겠다.

날아갈 것만 같은 바람을 맞으며 절벽 아래를 내려다보니 정말이지 아찔했다. 지구가 생기고 나서부터 이곳은 계속해서 이렇게 바람과 파도를 맞아가며 깎여져 왔겠구나. 많은 시간이 지나고 그만큼 세찬 파도를 견뎌냈기에 세상의 끝이라고 믿어질 만한 절경을 얻게 된 것이겠지.

세상엔 한 번에 뚝딱 하고 이루어지는 것은 없을 것이다. 지금 당장은 나 자신이, 그리고 내게 주어진 일들이 작고 볼품없어 보일지라도 모

든 순간과 경험들이 하나씩 작은 점으로 찍힐 테고, 언젠가 그 점들이
선으로 이어져 생각지도 못한 큰 그림들이 그려질 테지.

나의 그림은 어떻게 그려질지, 어떤 모습을 담고 있을지, 몹시도 궁금
하다.

조금은
덜 아쉬워하기

친구와 유럽 배낭 여행을 하며 들렀던 루체른. 처음 가본 스위스에서 입이 떡 벌어지는 멋진 자연을 보며 '언제 다시 오겠어'하는 생각에 눈보다는 카메라에 더 많이, 그리고 더 예쁘게 담기에만 급급했다. 그래서인지 충분히 그곳을 만끽하지 못했다는 아쉬움이 항상 있었다.

'어떻게 온 여행인데', '여기를 언제 또 오겠어', '일생에 한 번뿐인데' 참으로 드라마틱한 말들과 생각들은 오히려 그 순간을 더욱 즐기지 못하게 만든다.

즐겁게 놀아야 하고, 사진 한 장 꼭 건져야 하고, 맛있다는 맛집들과 음식들은 다 먹어보아야 할 것 같고, 유명하다는 곳은 모두 다 가봐야 한다는 부담감과 체크리스트들은 오히려 그 소중한 여행을 온전히 내 것이 아니게 만들지도 모른다.

남들이 다 맛있다는 맛집 좀 안 가보면 어떻고, 다들 꼭 가야 한다는 유명한 관광지 굳이 안 가면 어떠하랴. 길 가다 마주친 소박한 공원에서 아이스크림 하나 시원하게 먹는 것이 더 기억에 남고 즐거울 수 있으며, 그러다 만난 파란 눈의 예쁜 꼬마 아가씨와의 짧았던 만남이 더

해피하게 웃을 수 있을지도 모르는데.

동생과 함께 다시 찾은 루체른은 꽤 특별했다. 다시 오게 될 줄 전혀 몰랐던 곳을 한 번 더 들르게 되는 일은 참으로 설레는 일이었다. 뭐든지 마지막이라고 아등바등하며 순간을 놓칠까 봐 조급해하고 욕심 부리고 그래서 결국 아쉬워하였던 4년 전의 내가 생각나며 이번엔 사진보다는 나의 두 눈에, 그리고 동생과 함께하는 그 시간을 마음에 적시며 맑은 루체른을 내 안에 담았다.

위대한 자연,
그 속의 나

영화 '007 여왕 폐하 대작전'의 배경으로 알려진 스위스 쉴트호른에 오르니 세상에나 하는 감탄사 외에 다른 말은 나오지 않았다. 눈을 뒤집어쓴 조각 같은 산들, 바람 소리 외에는 들리지 않던 고요함, 높디 높은 곳에 올라왔음이 실감 나는 멍멍한 귀까지.

어마어마한 자연을 보면, '정말이지 자연이란 위대하다, 엄청나구나.' 라는 생각과 동시에 '거대한 우주에서 나는 얼마나 작은 존재인가.'라는 생각이 항상 함께 한다. 마치 세트처럼. 그리고 그런 생각이 드는 순간이면, 마음이 마침내 훅하고 트인다. 숨을 참고선 수영장 한 바퀴를 돌다 마침내 푸하 하고 간절했던 숨을 격하게 들이쉬었을 때의 그 느낌. 안심과 안도. 다른 그 무엇도 생각하지 않고 그 순간에 집중할 수 있는, 그 느낌. 자연을 보아서, 아름다운 것을 보아서 기쁘고 벅차오르는 감정보다는 이 넓은 우주에서 내가 얼마나 작은 존재인지, 고로 내가 골머리 싸매고 있는 그 크고 작은 복잡한 문제들과 고민이 얼마나 작고 사실은 간단한 것인지 아주 명확하게 가슴으로 와 닿게 된다.

위로의 글을 읽고 책을 읽고 영화를 보아도 해결되지 않고 달래지지 않았던, 불안하게 마음 한편에서 항상 나를 놓아주지 않던 고민과 걱정들. 그 단단하고 쪼잔하던 매듭 고리가 비로소 풀어진다.

말도 안 되는 저 눈앞의 풍경을 보면서 생각했었지. 아, 정말 대단하구나. 내가 지금 하는 고민은 참 작구나. 심플하게 살아야지. 너무 죽자 살자 애쓰며 살지 말아야지. 물 흐르듯 자연스럽게 주어진 것에 감사하며 살아야지.

한 뼘만큼의
용기

몰아치는 파도와 서핑하는 사람들을 보며, 친구는 재미있겠다고 하는데, 나는 그저 용감하다는 생각뿐이었다. 진짜 용감하다, 와 정말 용감해 라는 말이 자꾸만 터져 나왔다.

끊임없이 몰아치는 파도를 향해 겁도 없이 돌진하는 모습. 대찬 파도와 맞닥트렸을 때, 그 힘과 겨루어내며 번쩍 일어나는 그 대담함. 분명 결국은 넘어지고 물에 빠질 것을 알지만 이를 두려워하지 않은 채 돌진하는 그 모습은 내게 용기와 대담함, 그 자체였다.

서핑의 끝이란 분명 넘어지고 물에 빠지는 것인데 물안경도 없으니 눈도 맵고, 짜디짠 바닷물도 삼킬 테고, 어쩌면 바위에 부딪힐지도, 물속의 생명체에게 상처 입을지도 모르는 건데 그 모든 위험을 무릅쓰고도 그렇게 끊임없이 파도를 향해, 또 다시 더 먼 바다를 향해 돌진한다는 것이 나에게는 엄청나 보였다.

대체 얼마나 즐겁고 재밌기에 그 모든 것을 감수하고 파도와 정면승부 할 수 있는 것인지. 과연 그 끝에는 얼마나 큰 짜릿함과 파도를 이

겨낸 가슴 벅찬 성취감이 있는 것일지. 한눈에 담기지도 않는 그 거센 파도를 뚫고 나가는 무동력의 느낌이 그리도 짜릿한 스릴인지. 그게 아니라면 맨몸으로 대자연을 마주하며 온몸으로 느끼는 자연의 위대함일지.

그 모든 것들이 몹시도 궁금해져 버린 마음에 나도 서핑이라는 것을 죽기 전에 한 번쯤은 해봐야겠다는 생각이 처음으로 들었다.

아, 물론 한 뼘만큼만.

혼자 있는
시간

혼자 있는 것이 익숙하지 않은 사람이라면 처음 혼자 거리로 나섰을 때, 모든 거리가 낯설고 어색할지도 모른다.

손은 어디에 두어야 할지, 시선은 어찌해야 할지 두리번거리고 오도 가도 못하는 어색함 속에 갇힐지도 모른다. 모든 것은 한방에 이루어지지 않기에 한 스텝씩, 한 걸음씩 해보는 거다.

그 누구도 나에게 상관하지 않고, 나 역시도 누군가를 기다리지 않고, 내가 가고 싶은 거리와 가고 싶은 가게와 식당을 오로지 나의 선택에 의해 마음 가는 대로 하나씩 해보는 것이다.

처음에는 작은 가게 하나를 들어가 구경하는 것도, 식당에 들어가 메뉴를 주문하는 것도 괜스레 어색하고 외로운 사람처럼 보일까 봐 걱정스러웠다. 조금만 용기 내어 그 생각을 나에게 집중한다면 타인의 시선은 소중한 나의 마음에 비해 전혀 신경 쓸 만 한 일이 아님을 느끼게 된다.

어색하고 조금은 외로운 혼자만의 식사를 마치고 부른 배를 통통 두드리며 가게의 풍경을, 도시의 풍경을 오로지 나의 시선으로 따라가며 슬며시 차오르는 행복감과 즐거움을 느끼게 되었다면, welcome! 당신도 혼자 여행의 맛을 알게 된 것이다.

매일 매일
가득하게

인생 모토라고 말한다면 조금은 거창한 것 같으니 심플하게, 내가 매일 다짐하는 것 중 한 가지는 '오늘도 가득한 하루를 보내자'다.

인생이란 따지고 보면 순간순간, 하루하루가 모여 하나의 삶이 되는 것이니… 그중 시작과 마무리가 매우 명확하게 구분되는 '하루'를 한 단위로 하여 이를 가득히 채워 보내고자 함이다.

사실 모든 하루를 가득하게 보내고자 깊게 생각해보면 힘들고도 어려운 일이지만, 아주 자그마하고 사소한 '즐거움'과 '웃김', '행복', '따스함', '운'마저도 쌈짓돈 챙기듯이 고이고이 담아 하루를 채우곤 한다.

정말 정말 사소한 것부터 시작하자면, 집 앞의 횡단보도가 나의 걸음에 딱 맞게 바로 초록 불로 바뀌는 '운'이라던지, 호기롭게 시켜 먹은 비싼 잡탕밥을 먹을 때의 '즐거움', 필라테스 수업 중 거울 속 땀으로 범벅된 시뻘게진 나를 보며 느낀 '웃김', 오늘 많이 걸었다며 짝짝짝 손뼉을 쳐주는 휴대폰 속 걷기 어플을 통한 '뿌듯함' 등등이 있겠다. 아, 그리고 무엇보다도 뽀얗게 피어오른 목련을 마주해 드디어 긴긴 겨울을 지나 달콤한 봄과 인사하게 된 '반가움'.

그런 의미에서 오늘은 아주 아주 즐겁고, 행복하고, 눈가가 자글자글해 질만큼 많이 웃었던 가득 보낸 하루였다. 아이 뿌듯해라.

오스트리아, 할슈타트

가끔은 별거 아닌 작은 것들이
나의 발걸음을 멈추게 하고는
너무 예쁘다를 남발하게 한다.
바로, 사소함의 기쁨

03

사소함의

기쁨

무지개

오락가락하는 비 덕분에 동화 속 혹은 꿈속에서나 나올 법한 커다란 무지개를 리옹에서 마주했다. 어릴 적 무지개가 뜨면 동네 친구들을 불러 모아 무지개의 일곱 빛깔이 희미해질 때까지 구경하고는 했는데, 커가면서는 왜인지 무지개를 제대로 본 기억이 없다. 언제 마지막으로 봤는지 기억도 나지 않는 무지개를 보면서 잠시였지만 어린아이처럼 마음이 들뜨고 설레었다.

무지개를 쫓아 저 멀리까지 떠난 소년, 우리들의 허황한 꿈을 말하고 있었지만, 그보다 자신의 꿈을 하염없이 따라가려는 소년의 순수함과 열렬함이 나에게는 더 기억에 남는다.

나의 꿈, 햇살이 가득 들어오는 집에서 사랑하는 사람과 함께 아침을 맞는 것, 나의 손길이 하나하나 묻어나는 내가 만들어낸 물건들로 가득하고 그곳에 있는 것만으로도 배시시 웃음이 나오는 행복한 느낌의 카페를 만드는 것, 모든 감각 풍만하게 느낄 수 있는 나만의 전시를 여는 것, 비록 몸은 힘들고 고되어도 매일매일 아침에 눈을 뜨는 것이 즐거운 그러한 모든 하루를 보내는 것.

사소함의 기쁨

가끔은
별거 아닌
작은 것들이
나의 발걸음을
멈추게 하고는
너무 예쁘다를
남발하게 한다.

바로
사소함의 기쁨

리옹, 프랑스

우메오, 스웨덴

봄날, 꿈

공기는 차갑고, 하늘은 파랬다.
같아 보이지만 다들 자기만의 삶을 사는,
어엿하게 다른 각자의 나무였다.

빛을 고스란히 받은
우메오의 니달라 호수는 유난히도 반짝였다.
나는 호수 위 나무판자에 아슬하게 서 있었고,
잠시의 순간이 지나자 우주에 나 혼자만 있는 것 같았다.

나지막이 찰랑거리는 호수의 물소리와
나의 숨소리만이 있었다.
고요함 속에서 내 숨소리가 꽤 크게 들려왔다.

그렇게 나는 꿈속인지 현실인지
몹시도 헷갈리는 그 중간 즈음에 있었다.

푸르던 5월, 봄날의 꿈.

나무 그리고 나

큰 나무

아주 큰 나무

더 큰 나무

짱 큰 나무

엄청나게 큰 나무

커다란 나무

그리고

아주 쪼매난 나.

우메오, 스웨덴

살고 싶은
도시

가보고 싶은 곳과 살고 싶은 곳에는 차이가 있다. 나에게 프라하는 살고 싶은 곳, 살아보고 싶은 곳이다.

서유럽보다 사람들의 친근함이 더욱 느껴지는 곳. 구석구석 아주 작은 구멍가게들도 참 정감 가고, 주황색 지붕들, 거리의 돌길, 감탄이 절로 나오는 야경 그리고 끝내주는 흑맥주까지.

그저 여행 가서 며칠 지내다 오는 곳이 아닌 창틀에 걸린 빨래들같이 사람 사는 냄새를 맡으며 부대끼며 살고 싶은 마음이 간절한 도시.

왜 하필 프라하냐고 묻는다면, 콕 찍어서 '이것 때문이야!'라고 말할 수는 없을 것 같다. 사실 좋아하는 데에, 사랑에 빠진 데에 명확한 이유를 대는 것은 무엇보다도 어려우니까.

무척이나 마음 가는 프라하에서 일상을 살아가다 프라하의 찬란하고도 자유로운 봄을 맞는다면, 아아, 더 바랄 것도 없겠다.
이름마저도 참 예쁜 Praha

골목길

사람들이 많이 가고 선호하는 길. 그 길 앞에서 우뚝. 과연 계속 가야 할까. 나는 골목길이 좋은데. 골목골목의 자그마한 화분도 좋고, 누구 것인지 모를 알록달록 걸려 있는 빨래들 구경하는 것도 즐겁고, 햇살이 나지막이 들어오는 그 모습도 참 좋아하는데. 많은 사람이 다들 가는, 길을 알려주는 내비게이션에서도 언제나 추천해주는 큰길로 가야할까, 하는 고민.

이 시기와 이 나이의 모든 사람이 다 겪는 고민. 아니, 사실 시간이 지나도 누구나 하게 되는 고민. 어떤 이는 자동차를, 슈퍼카를, 킥보드를, 스쿠터를, 바퀴 달린 신발을 타고 슝슝 갈 수도 있겠지만, 글쎄….

운동화 끝으로 바닥을 톡톡 치면서 고민해보고 조금은 저쪽 길로, 아니 다시 몇 발자국 저 골목으로도, 어떤 골목이 내가 걸을 때 가장 즐거워하면서 걸을 수 있을지 보고 걷고 싶다.

내가 즐겁게, 행복하게 웃으며 하늘을 바라보며 걸을 수 있느냐가 가장 중요하니까.

기차역 앞
1유로 커피

가끔은 사소한 게 그리워질 때가 있는 법이다.
추운 겨울날, 기차를 기다리며 마셨던 기차역 앞 1유로 커피.

생각해보면 나는 침 용감했고, 무모했으며, 씩씩했다.
하고 싶은 일을 해보겠다고 혼자 지구 반대편으로 날아가,
낯선 나라에서 한 시간 반씩 기차를 타고 다니던 나의 모습은
낯설기도 하고, 대견하기도 했다.

시간이 지나고 세월이 흘러도 나는,
그때의 나를 많이 칭찬해줄 것 같다.

앞으로도 여전히 용감하고 무모하고 씩씩하기를.

그 어느
겨울날에 말이야

기숙사 뒤쪽에 있던 꽤 커다란 숲에서는 가끔 사슴이 나오곤 했다. 호수가 있다길래 친구들과 함께 나선 산책은 왕복 3시간이 넘게 걸렸다. 눈과 나무가 무성한 길을 걷는 동안 가끔은 어색한 침묵과 함께 눈을 밟는 발자국 소리만 자박자박 들렸다.

한 시간을 넘게 걸어 도착한 호수는 꽝꽝 얼어있었고 우리는 그 위에서 스케이트도 타고 썰매도 탔다. 예전에는 얼어붙은 개천에서 스케이트와 썰매를 탔단다.

스케이트장이나 썰매장이 아닌 개천에서 그렇게 놀았다는 것이 마냥 신기하기만 했었는데, 나도 호수에서 스케이트를 타게 되었다는 것이 무척이나 즐거웠다.

나도 언젠가 내 아이 손을 잡고 이곳 호수를 다시 찾고 싶다는 생각이 들었다. 부모님이 나에게 그랬듯이, 나 역시도 '엄마 어렸을 적, 그 어느 겨울날에 말이야'하며 동화책 같은 이야기를 들려줄 수 있을 테니.

여유 있게 정감 있는 작은 마을을 사뿐히 걸으며
골목 구석구석 다 돌아보고 싶을 때,
자기만의 시간이 필요할 때.
이해타산 없이 정신없는 일상에서 벗어나 이 세상에서 떨어져
내 마음과 진솔하게 대화하고 싶을 때.
그때가 바로 아시시에 가야 할 때.

아시시 단골집

단골집이라고 말하려면 한 달에 한두 번씩은 방문해야 가져다 붙일 수 있는 명칭이다만, 아시시에는 감히 나의 단골집이라고 말할 수 있는 모디 아저씨의 가죽 가방 가게가 있다.

처음 아시시를 찾았을 때 아저씨의 서글서글한 미소와 '제대로 된 가죽 공방' 느낌을 풍기는 그곳을 그냥 지나칠 수 없어 오며 가며 계속해서 그 작은 가게에 들르곤 했다. 그리고 그곳에서 데려온 작은 숄더백 가방은 한국으로 데려오자마자 만나는 친구마다 어디에서 샀냐며 인기였다. 그래서 두 번째 아시시 방문 때는 친구들 가방까지 열 개를 주렁주렁 달고 왔더랬다.

잡지에 실리는 브랜드 있는 고퀄리티의 가죽 가방은 아니지만, 그곳에서 산 가방은 쓰면 쓸수록 손때가 묻어 가죽이 나와 닮아가고, 수납 공간도 살뜰히 만들어져있어 아저씨의 섬세함이 돋보이는 나의 데일리 백이자 페이보릿 백이다.

아무 데서나 구할 수 없고, 나만이 갖고 있다는 느낌에 더 아끼게 되는 마음은 덤.

결혼식에 대한 환상

영화에서만 보던 콜로세움이 눈앞에 보이자 멀리서부터 가슴이 두근거려 뜨거운 햇볕도 잊고 열심히 걸어갔다. 가는 도중, 웨딩 화보를 찍고 있던 커플 발견! 콜로세움 앞에서의 웨딩 화보라니! 아이고 부러워라!

여자라면 누구나 결혼식과 웨딩드레스에 대한 판타지가 있기 마련이다. 나 역시 아주 꼬마일 때부터 결혼식에 대한 환상이 있었다. 꽃반지를 주고받는 동심의 환상에서, 눈이 펑펑 오는 날의 야외 웨딩(아마도 어떤 드라마에서 보고는 반했던 것 같다. 현실이라면 하객들은 발이 다 꽁꽁 얼고 감기에 걸리겠지), 한 번쯤은 입어보고 싶은 베라왕 드레스, 시간이 지나고 나도 변하면서 내가 꿈꾸는 결혼식의 모습 역시 계속해서 변해간다. 몇 달 후에, 혹은 몇 주 후에 또 변할지도 모르겠지만, 나의 결혼식에 대한 환상은 초록 잔디 위에서, 맨발로 사뿐사뿐 투스텝으로 신랑에게 뛰어가는 신부의 모습이다. 엄마에게 말하면 철없다며 등짝 한 대 맞을지도 모르겠다만.

아아, 나는 아직도 피터 팬이 참 좋다.

Dream Building

머릿속으로 무수히 많이 그려보고, 언젠가 짓고 싶었던 건물과 비슷했던 마드리드의 La central de Callao. '너무 좋아!'라는 말을 수십 번 반복하며 구경했던 이곳은 카페이자 서점, 그리고 각종 센스있는 디자인 소품을 팔고 있는 귀여운 공간이다.

천장으로 파란 하늘을 볼 수 있고, 빛을 고스란히 받을 수 있으며, 건물 중앙은 네모나게 비어 있어 그곳에 작은 정원을 만들고픈 내 꿈의 건물을 실제로 만나다니, 하얀빛으로 이루어진 이 건물은 구석구석까지도 참 즐거웠다.

그것이 멋진 미술 작품이든, 맛있는 요리든, 꼭 갖고 싶은 옷이든, 그 무엇이든. 마음속에 항상 그려보고 상상했던 것을 실제로 만나보는 일은 참 멋진 일이다.

그림이
그리고 싶었어요

마드리드 시내에 있던 타이거(우리나라로 치면 다이소)에서 저렴하
게 팔던 아기자기한 물감과 붓 그리고 손바닥만 한 작은 캔버스.
살까 말까 한참을 고민, '짐이 될 거야!'하고 돌아섰다가, 왠지 후회할
것 같아 다시 되놀아가 품에 안았다. 함께 가던 친구가 '거기까지 가
져가서 안 그리기만 해봐!'하는 놀림에도 꾸역꾸역 가방에 챙겨 말라
가로 가는 기차에 올랐다.
이튿날, 말라가의 예쁜 해변에 앉아 해가 질 무렵까지 나의 첫 캔버스
그림을 그렸다. 애정을 담은 내가 봐도 참 못난 그림이지만 그 순간의
나는, 바닷가에 앉아 물감들을 펼쳐 놓고 그림을 그리던 나는, 그 누
구도 부럽지 않을 만큼 행복했다.

지레 겁먹어서, 혹은 귀찮고 왠지 잘 못 할 것 같아서, 미루어두고 하
지 않았던 사소하고 조그마한 일들을 조금은 용기 내고 번거롭더라도
시작하고 시도하게 되었다. 그 소소함에서 오는 혼자만의 충만한 기
쁨은 생각보다 참 벅차다.

말라가, 스페인

동생의
스케치북

스웨덴에 살 때 나는 그다지 오로라에 관심이 없어 굳이 보러 가지 않
았는데, 3년 후 똑같이 스웨덴으로 교환학생을 떠난 동생은 오로라를
찾아 본인이 지내던 스웨덴의 북쪽 마을보다 더 북쪽인 아비스코를
찾아갔다. 그리고 깜깜한 밤하늘에 초록색 커튼이 넘실대는 것 같은,
선명한 오로라를 보았단다.

내가 경험해보지 않았으므로 사진이나 동영상만으로 상상할 수밖에 없는 신비하고도 오묘한 오로라. 만약 내가 오로라를 보았다면 현실 세계가 아닌듯한 느낌을 받았을 것 같기도 하고, 눈앞에 펼쳐진 광경에 넋이 나가 사진 찍을 생각조차 못했을 것 같다.

하나뿐인 동생이, 그녀의 눈과 스케치북에 초록빛 오로라를 담았다는 것이 무척이나 감격스러웠다. 한참의 시간이 지난 후인 지금에야 나는 그 신비한 오로라가 무척이나 궁금해졌다. 언젠가 나도 초록빛 오로라를 나만의 스케치북에 담을 수 있기를.

휴가 마지막 날의
기도

올곧게, 거침없이 앞으로 나아가는 비행기. 앞으로만 나아가며 뒤로 돌아가지 않고 눈 깜짝할 새에 지나가기에 잠시 한눈팔면 두 번 다시는 볼 수 없는 그 찰나의 순간들. 하늘과 풍경, 구름, 빛, 그 모든 순간. 어제로 돌아가고 싶고, 한 시간 전으로 돌아가고 싶고, 백 투 더 퓨쳐를 경험하고 싶고, 헤르미온느의 시간을 돌리는 목걸이가 너무나도 갖고 싶고, 양자물리학으로 미친 듯이 시간 여행을 하고 싶더라도, 아무리 간절하게 바라고 기도해도 시간이란 결코 되돌릴 수가 없으니까….

되돌릴 수 없는 야속한 시간 앞에서 시간을 돌리고 싶어지는 마음이 생기는 건 나 혼자만일까. 절대로 이루어지지 않을 것이라는 걸 알면서도, '정말 되돌리고 싶다'는 생각이 들 때. 그것이 '순간의 선택에 대한 아쉬움과 안타까움'보다는 '참 좋았던 그 순간들에 대한 간절한 그리움'일 때가 더 많다는 것에 '안도'와 '감사'를. 하지만, 그럼에도 불구하고 시간을 되돌리고 싶은 순간들은 언제나 존재하고, 되지 않을 것을 알면서, 이뤄지지 않을 것을 알면서도 '제발'이라는 간절함을 담아 마음속으로 애원한다. 휴가 첫날로 돌아가게 해주세요. 제발.

하루의
유일한 위로

이러한 하늘을 마주하는 날이라면 종종 드는 생각이 있다.

오늘 하루, 참 많은 이들이 힘든 하루를 보냈구나, 오늘 이 어여쁜 하루, 많은 이들이 어여쁜 일들을 해냈구나, 그렇기에 하늘이 이렇게 아름다운 위로와 칭찬을 온몸으로 내뿜어 보여주는 거구나.

수고했다 오늘 하루, 기특하다 오늘 하루, 그렇게 잔잔하고 어여쁘게, 하늘 자신의 마음을 내어 보여 주는 것이구나.

모든 순간의 하늘은 오로지 그 순간뿐.
다시는 그와 같은 빛깔을 볼 수 없기에 무척이나 소중하고 찬란하다.

하늘만이 나의 하루의 유일한 위로인 날들이 있었다. 그리고 분명 또
앞으로의 그 어느 날에도 나는 오직 하늘에게만 위로받는 그러한 날
을 보낼 테지. 이 넓은 세상, 가장 넓은 하늘이 나에게 위로를 보내주
는 것이니, 그거 참 마음 든든한 일이다.

좋아하는
여행의 순간

내가 좋아하는 여행의 찰나가 있는데 포르투 여행 첫날, 감사하게도 그 순간을 맞이하게 되었다.
우연히 발걸음이 닿은 곳에서 만난 예쁜 날씨, 눈 부신 햇살, 노랫소리보다 더 싱그러운 아이들의 웃음소리, 그 모든 것들이 다 있었다.

골목 구석구석을 발길 닿는 대로 걸으며, 생전 처음 보는 곳을 걸어다닐 때의 그 설렘이 참 좋다.
지도 없이, 그저 지나가다가 한번 가볼까? 하는 마음에 발견한 장소는 보물찾기에서 찾은 근사한 선물 마냥 두근거리고 기억에 더 각별하게 남는다. 별거 아닌 곳이라도 내가 마음에 들면 그만인걸.

포르투의 골목 구석구석을 마치 보물찾기하듯이, 벽에 걸린 화분 하나도 귀여워하며 알록달록한 그 도시를 마음껏 즐겼다. 소소하고도 찬란한 순간을 만끽할 수 있어서, 감사했다.
감사하다는 말보다 더 적당한 말을 찾아보았으나 역시 그 표현이 가장 적절하다.

리스본
주황빛 하늘

해가 지는 그 시간을 좋아한다. 하루 중 가장 좋아하는 하늘의 모습. 온종일 열심히 일한 해가 퇴근하며, '나 오늘도 열심히 했다~' 그 마지막 빛을 내뿜어 하늘을 물들어 놓는 그 순간이 하루 중 가장 소중한 시간이다.

어디를 가든지 해 질 무렵의 하늘을 보는 것을 좋아하고, 여행 갔을 때에는 낯선 곳에서 보는 '하늘이 최선을 다하는 그 순간'을 꼭 챙겨 보려고 노력한다.

여행 전부터 꼭 가고 싶었던 리스본 전경과 해지는 모습을 한눈에 내려다볼 수 있는 카페는 하필이면 우리가 리스본에 있던 이틀 모두 휴무였다. 나중에 다시 오라는 뜻인가보다~ 하고 아쉬움을 다음에 다시 오겠다는 좋은 핑계 티켓으로 넣어두고, 리스본 시내에 있는 산타 후스타 엘리베이터를 타고 높은 곳에서 노을을 보기로 했다.

세상에는 부지런한 사람들이 너무나도 많은 탓일까… 이미 우리와 같은 생각으로 온 사람들이 가득했고, 동생과 나는 어디로 가야 할지도 모른 채 일단 바다가 있는 쪽으로 가보자! 하며 발걸음을 재촉했다.

바다가 보이는 코메르시우 광장에 도착하자, 하늘은 분홍과 오렌지빛을 내뿜으며 본인의 색을 마음껏 풀어 헤쳐놓고 있었다. 황홀했다. 물감을 풀어놓은 듯한 아름다운 노을, 하늘을 보고 있는 매 순간, 입이 다물어지지 않았다.

동생과 나는 끊임없는 감탄사만을 내뱉으며, 그 모든 광경을 눈에 담기 위해 노력했다. 카메라로는 반의반도 담기지 않는 그 풍경.

여행을 오기 전, 우리는 지루한 일상과 치열한 일들에 치여 회색빛의 나날들을 보내고 있었다. 매일 디데이를 지워가며 그 어느 때보다 손 꼽아 기다렸던 여행이었는데,

주황빛 오로라 같던 그 하늘이 탁해지고 모나졌던 나의 마음을 덮어주며 고생했다고 위로해주는 기분이었다.

동생과 말없이 한참을 하늘을 바라보다, "언니, 온 우주가 나를 위로
해주는 것만 같아"라고 말하던 동생의 그렁그렁한 눈을 보니,
이런 게 바로 눈물이 날 정도로 아름다운 하늘이구나.

오렌지 빛,
아시시

1박 2일 혹은 당일치기 여행을 많이 가는 아시시에 3박 4일이라는 긴 일정으로 홀로 머물렀다.

시멘트가 아닌 돌담길과 돌길로 이루어진 거리를 걸으며 평소에는 가 보지 않았던, 어디로 향하는지도 모르는 골목길을 따라 발길 닿는 대로 걸었다. 그리고 그렇게 마음 가는 대로, 길이 이끄는 대로 걷다 보면 틈 사이로 보이는 아름다운 절경, 이름 모를 정도로 작은 예배당, 누군가가 정성 들여 가꾼 돌담 벽의 화분들이 나를 맞이하고 있었다.

그즈음의 나는 20대 초반의 불안과 불안정에 휘청거리는, 마음 둘 곳 없이 흔들리는 한 송이 민들레와 같았다. 사실은 그러한 마음을 달래 려, 수도 없이 많은 성당이 가득한 그곳에서 기도를 올리며 조금이나 마 위로를 얻고자 간절한 마음으로 찾았던 아시시였을지도 모른다.

알아들을 수도 없는 이탈리아어로 진행되던 비몽사몽 한 새벽 미사부 터 아시시의 작은 성당을 모두 들어가 기도하고 하나하나 정성 들여 붙였던 초들에 응답하셨던 걸까.

나 자신을 사랑하는 법을, 부족하고 미숙하고 너무나도 어리석은 나

일지라도 나 스스로 사랑하지 않는다면 그 누구에게 사랑받고 인정받아도 지금처럼 불안정하고 무언가 상실한 듯한 마음을 언제나 갖고 있을 것이라는 걸 절실히 알게 되었다.

기본적이고도 간단하지만, 무엇보다도 중요한 깨달음을 얻은 그때부터 나는 벽돌 한 장 없는 흙바닥에서부터 나 자신을 한 톨 한 톨 쌓아 올리기 시작한 것 같다.

잔잔하고도 그윽한 'everything will be fine' 모든 게 다 괜찮아질 거라고 말하는듯한 넓은 품을 지닌 모든 골목길과 상냥한 마을의 기운을 받아서일까. 혼자 발길 닿는 대로, 내 눈이 원하는 대로 하늘을 바라보고 돌담을 쓸어보고 골목길이 이끄는 대로 가는 것이 괜찮은 것이라는 것을 비로소 느껴서일까. 나의 선택과 마음이 원하는 곳으로 하고 싶은 대로 해도 괜찮겠다는, 다른 그 무엇에도 흔들리지 않고 오로지 나의 심장이 이끄는 대로 살아가도 괜스레 염려했던 그 어떠한 나쁜 일들도 일어나지 않는구나 하는 안도감을, 오렌지빛으로 기억되는 그 아시시의 골목길들에서, 나는 알아차렸다.

빨간색
STOP 표지판

사실 세상의 모든 이들이 고민 없이 사는 날은 일 년에 몇 번 꼽기 어렵겠지만, 그 시절의 나도, 그 나이대 혹은 그 나이대에 어울리지 않는 온갖 고민을 필히 짊어져야 하는 것 마냥 가득 안고 살아가던 이십 대였다.

실타래처럼 뒤엉켜 어디가 처음이고 어디가 끝인지도 모르는 생각 꾸러미를 짊어지고는 떼제를 다시 찾았다.

전 세계의 그리스도를 믿는 청년들이 모여 다 함께 기도를 드리는 곳. 하루에 3번 우렁찬 종소리와 함께 기도 시간을 알리면, 모두 커다란 교회에 모여 나지막하고도 울림 있는 노래들로 기도를 올린다. 기독교, 개신교, 천주교 등의 경계 없이 오직 그리스도를 믿는 자들이 한데 모여 편견이나 편 가름 없이 자신들의 믿음을 주고받는 그곳은, 신앙을 가진 사람들에게는 파라다이스 같은 곳이다.

그렇게 하루 세 번의 기도 시간과 소박한 식사, 침묵의 시간과 각자에게 주어진 하루의 노동 시간을 차근히 지키다 보면, 때로는 지겹게도 길게만 느껴지던 하루가 금세 지나가곤 했다.

날이 좋던 어느 날, 마침 한 여름이라 저녁 식사를 마쳤음에도 하늘엔

해가 쨍쨍했다. 괜스레 센치해진 마음에 혼자 산책길에 나섰다.

모든 일에 자신이 없고, 내가 하는 결정과 선택들, 그리고 두 손 모아 기도하는 그 모든 바람이 과연 맞는 것인지에 관한 끝도 없는 고민들. 생각해보면 고작 20대 초반, 성인이라는 타이틀을 갓 따낸 어린 학생이었을 뿐인데 뭐 그리 매사 심각하고 올바른 결정만을 내려야 한다는 강박관념에 사로잡혀 있던 것인지.

이런 고민을 하는 게 맞는 건지 아닌지도 모르는 줏대 없고 갈 곳 없는 생각과 상념들 속에서 허우적대며 길을 걸었다. 그렇게 한참을 땅만을 보고 걷다 문득 고개를 들어 앞을 바라보니, 타이밍도 참, 신기하게도 눈앞에 빨간색 STOP 표지판이 나타났다.

그 자리에서 걸음을 멈출 수밖에 없었다. 아니, 발걸음이 멈추었다. 그리고 누구의 목소리인지도 모르겠을 머릿속의 부질없는 고민과 걱정들 역시 멈추었다. '잠시 멈추어 가세요' 하는 표지판이겠지만 그 순간 나에게는 이 모든 잡념을 그만 멈추어도 된다는, 그러한 신적인 의미로 받아들여졌다.

걱정과 고민은 작은 것에서 시작해서 걷잡을 수 없이 사방팔방으로 뻗어가는 경우가 많다. 그리고 그 생각들은 지느러미를 달고는 헤어나올 수 없는 걱정쟁이의 바다로 헤엄쳐간다. 밑도 끝도 없고, 명쾌한 해결이나 결론도 없는. 가끔은 모든 것을 잠시 멈춤, STOP 할 필요가 있나 보다.

산책을 다녀오고 나서, 급격하게 표정이 밝아진 나를 보고 친구는 꽤
신기해했다. 내가 처한 상황과 머릿속의 생각들이 과연 정말 '고민'을
할 만한 것인지, 혹은 불안함과 왠지 그래야 할 것 같은 '뭐라도 해야
할 것 같은 병'에서부터 비롯된 것인지.

그 후에 나는 가끔, 어디가 시작점인지도 모르는 걱정과 근심들이 나
를 집어삼키려 할 때면, 잠시 멈춤 버튼을 찾곤 했다. 그렇게 잠시 모
든 것들을 stop 한 후, 고개 들어 하늘을 바라보고, 좋은 노래를 들으
며 산책 한 바퀴 하고 나면, 그 혼란스럽던 마음을 조금 더 큰 시선으
로 바라보며 한숨 돌릴 수 있었다.

분홍색
골목길

일행과 함께 가기로 한 스페인 말라가에 홀로 반나절 먼저 도착했다. 선글라스 없이는 감히 눈을 뜰 수 없는 스페인 남부의 강렬한 휴양 도시, 피카소의 고향 말라가. 햇빛을 쏟아 받으며 느린 걸음으로 말라가를 둘러보았다. 생각했던 것과 달리 너무나도 깔끔하고 모던한 도시의 풍경에 신기하기도 하고, 그럼에도 불구하고 유럽 특유의 느낌과 분위기를 무던히도 담고 있는 그곳이 나는 참 좋았다. 피카소의 고향임을 몸소 보여주고 싶었던 것일까, 말라가 골목 구석구석에는 커다란 캔버스를 세워둔 채 몇 시간이고 같은 자리에서 그림을 그리는 거리의 예술인들이 눈에 띄었다. 그들의 눈에도 아름다운 여름빛과 그 빛을 담은 건물들을 캔버스에 옮겨 닮지 않고서는 못 배기는 것이었을까. 분홍빛의 색감으로 그 거리를 표현한 예술인 청년의 캔버스 앞에서 나는 한참이고 그의 붓 터치를 지켜보았다. 동경 가득한 눈으로. 아마 그들의 모습에 감명받고 용기 얻어, 말라가의 그 노을 지는 해변에서 나의 첫 손바닥만 한 캔버스 그림을 그릴 수 있었던 것 같다.

지금도 나는, 오후 5시 즈음의 오렌지빛 햇살이 눈에 비칠 때면 그 풍경을 그림으로 담고 싶어 마음이 일렁인다.

조금씩 천천히 급하지 않게 조급해하지 말자. 언젠가는 다시 초록 불로 반짝. 들어오겠지. '녹색불이 켜졌습니다. 건너가셔도 좋습니다.' 그럼, 나는 세상에서 가장 반짝반짝하게 걸어가야지.

04

반짝반짝하게   걸어가야지

아시시, 이탈리아

꼬수운
위로

사람 때문에 아프거나 힘들고, 모든 것이 산산이 부서지고, 겨우겨우 마음의 벽돌을 한 장 한 장 추스르면 바람 한 가닥에 다시 모든 게 무너지는, 그런 때가 있다.

'다른 사람 마음을 아프게 한 사람은 다시 자신에게 돌아오게 되어있어요. 예전에는 세상이 느려 10년 정도 걸렸다지만 요새는 세상이 빨라 5년 이내로 고소한 소식이 들려올 거예요.'

예수님은 죄지은 자를 용서하라 하고 왼쪽 뺨을 맞으면 오른쪽을 내어주라 하였다. 마음을 다스릴 때 도움이 된다는 각종 책을 보면 상처 준 사람을 용서하면 오히려 내 마음이 더 나아질 거라고 말하지만, 그때 당시의 나에겐 그런 말들을 하는 사람조차, 상대가 아무리 조물주라 하더라도 너무 미웠다. 하지만 나를 아프게 한 사람, 나중에(게다가 5년 이내로!) 벌 받을 거라는 말을 들으니, 웃기게도 그날부터 나의 벽돌은 아주 천천하고도 느리게 쌓였지만, 결코 무너지지는 않았다. 때로는, 멋진 말이나 평화롭고 지극히 옳은 '힐링'적인 말보다는 조금은 치사하고 유치할 수도 있지만 꼬수운 말들이 더 위로가 되는 법이다.

한 걸음 한 걸음씩 천천히 발을 내딛다 마주치는 골목.

슬며시 골목을 들여다보면

예상치 못했던 모든 마주침이 나를 반겼다.

아시시에서의 골목길은 그랬다.

모퉁이마다 내게 줄 선물을 숨겨두고 있었다.

10월의
어느 멋진 날

퇴근 후 매번 올라가 봐야지 하며 미뤄두었던 하이델베르크 성을 조금은 먹먹한 마음으로 올랐다. 케이블카도 있지만, 그 당시 나에게 필요한 것은 두 다리로 그곳을 오르는 일이었다. 수많은 계단을 올라 성에 도착했다.

숨을 크게 한번 들이쉬고 내쉬고 나니, 금방이라도 울 것 같았던 마음이 조금은 진정이 되었다. 잠시 멍하게 있으며 마음 다잡고 생각해보니, 그제야 마음이 편해졌다. 멈출 수 없는 생각들과 잡념들로 머릿속과 마음속이 어지럽혀진 날. 한 발자국만 뒤로 물러서서 헤아려보면 참으로 마음 편할 일인데, 미련하게 마음 먹먹해 하다 나중에서야 떠오르곤 한다.

복잡한 여러 감정의 마음을 안고, 숨이 턱 끝까지 차도록 한참을 걸어 올라간 하이델베르크 성, 조금의 안도감으로 눈물이 핑 돈 눈으로 세상을 바라보니 유난히 단풍들이 더욱 빨강 노랑으로 반짝였다. 단풍이 이렇게도 선명할 수 있구나 싶어 무척이나 신기했다. 10월의 어느 멋진 날이었다.

인생법칙

좋고 달콤한 것은 더 아쉽고 간절하다.

수박바의 코딱지만 한 초록색 부분이 그렇고,
생일은 일 년에 단 한 번이고,
봄과 가을은 즐길만하면 훅 지나가 버리니까.

좋아하는 것은 왠지 넉넉하지 않고, 다들 원하며,
항상 있는 것이 아니기에 더 아끼게 되고,
손꼽아 기다리게 되는 것이 바로 인생법칙인가보다.

단풍이 지고 낙엽들이 만들어 놓은 길을 따라 걷다 보니,
높은 하늘과 선선한 날씨 그 좋은 가을도 이제 지나가는구나 싶어
문득 몹시도 아쉬워져 버려, 그 좋은 가을날을 카메라에 담았다.

베를린, 독일

반짝반짝하게
걸어가야지

세상의 모든 신호등이 나에게만 빨간 불일 때. 어떻게 해야 할까.

나는 어떻게 해야 하는 걸까? 다른 사람들의 신호등은 모두 다 초록 불인데, 나의 신호등만 빨간 불인 채로 멈춤 상태일 때, 어떻게 해야 할까. 왜 초록 불로 바뀌지 않느냐고 성질을 낼 수도 있고, 그냥 나에게만 초록 불인 양, 그렇게 보이는 양, 모르는 척 길을 건널 수도 있으며, 위험한 걸 알면서도 그냥 길을 건너버리는 방법도 있다. 아니면 이 방법은 어떨까. 언젠가 바뀌겠지. 하는 마음으로, 그 자리에 우두커니 서서 바라보는 것. 초록 신호등을 가진 사람들이 생글생글. 혹은 무표정. 등등 다양한 표정으로 길을 건너는 모습을 보면서 이런저런 생각을 해보기도 하고, 세상의 다른 풍경들을 찬찬히 자세히 바라보면서.

세상의 모든 신호등이 초록색이고 나의 신호등만 빨간색이고. 가장 잔인한 일은 이 모든 사실을 나를 제외한 모든 지구인이 아무도 눈치채지 못한다는 사실. 지구는 돌고 돌아 눈을 감았다 뜨면, 내일이 올 것이고, 또 내일 내일이 올 것이고, 다음 달이 올 것이고, 내년이 올 것이고, 그렇게 시간은 흐를 것이다.

조금씩 천천히 급하지 않게 조급해하지 말자.

언젠가는 다시 초록 불로 반짝. 들어오겠지.

'녹색불이 켜졌습니다. 건너가셔도 좋습니다.'

그럼, 나는 세상에서 가장 반짝반짝하게 걸어가야지.

마드리드, 스페인

찬란한
순간

언제 어디서든 나 자신을 잃지 않는, 지킨다는 것은 참 어려운 일이
다. 하지만 그만큼 중요하다는 것도 사실. 모든 순간에 나 자신을 잃
지 않고 지킨다는 것은 사회생활을 하다 보면 분명 어려운 일이고 불
가능한 일 일지도 모른다.
내가 원하지도 않는 일을 좋다고 뛰어들어야 하는 상황이나, 일을 성
사시키기 위해 사근사근하게 대해야 하는 상황이라든지. 타인에게 맞
추고 사회 속에서 튀지 않기 위해 채도 높은 나의 색을 흐릿하게 톤다
운 시키고, 가끔은 가면도 쓰는 그런 일들이 분명 존재하니까.

아시시, 이탈리아

하지만 그러한 순간들 속에서도 분명 마음 깊은 곳에서 뿌리내려진 채 흔들리지 않는 나 자신이 있다는 것은, 그것을 지킨다는 것은 매우 어렵지만 필요한 일이다.

가끔 그런 순간들이 있다. '아 조금씩 나이 먹어가는구나.'라는 생각이 문득 들 때. 나의 하루, 일주일, 한 달, 그 모든 시간 속에 문득 내가 변화하고, 또 무언가를 느끼고 배우는, 나만이 느낄 수 있는 찬란한 moment. 그 순간들이 나는 참 좋다.

모허 절벽, 아일랜드

우주 만세

거대한 자연과 우주에 비하면 인간은 터무니없이 아담하고 미미하지만 무엇인가를 함께 만들어내고, 감동하고, 어제 보다 조금씩이라도 점점 더 나아가고 자라나며, 살아가고 있는 것이니 그것만으로도 우리는 참 '대단하다'.

그런 자그마한 개인이라는 존재에게도 우주는 각각의 리듬을 쥐여주어, 우리는 그 리듬에 따라 업&다운을 반복하며 살아간다.

지금 나의 리듬은 다운을 향해 내려가고 있으니 당분간은 이 리듬에 순응하며 아주 조심히 조용히 얌전히 지낼 테다. 하지만 우주는 너그럽고 관대하기에 나의 다운은 곧 업으로 변할 것을 안다. 그러니 나는 얌전히 점점 내려가는 리듬에 맞추어 고개를 끄덕거리련다. 그러다 리듬이 점점 올라가면 '역시! 우주 만세!'하며 즐겁게 탭댄스를 출 것이다.

지금
이 순간

큰맘 먹고 리옹으로 가는 짧은 여행을 계획했
건만, 안타깝게도 일기예보에는 우산과 구름
그림만이 가득했다.

날이 안 좋을 것을 예상하고 매일같이 우산을
들고 다니던 우리는, 가끔 보이는 맑은 하늘과
아주 잠시의 햇빛이 비치는 순간이면, 이때다
싶어 카메라 셔터를 눌러댔다.
기대하지 않았던 햇살과 오락가락 내리던 비
덕분에 무지개가 눈 앞에 펼쳐지던 그 짧은 순
간이 어찌나 감사하던지.

별거 아니라 생각되는 지금 이 순간, 시간이 지
나면 몹시 그리워질 수 있으니. 숨 한번 크게
쉬고 온몸으로 '바로 지금 이 순간'을 즐기기.

돌길

리옹의 구시가지 길은 온통 돌길로
이루어져 있다.

하이델베르크의 구시가지 역시 돌길
로 이루어져 있던 것이 생각나 오래
간만에 무척이나 반가웠다.

비록 캐리어 바퀴 다 망가지고, 오래
걸으면 발바닥 아프고, 힐은 엄두도
못 내지만,

이런 저런 생각하고, 사진 찍으며 도
란도란 걸어다니기엔 참 좋은 길.

그저 그날의
공기가 좋았을 뿐

여행을 다녀보니,
유명 관광지에서 입이 떡 벌어질 정도로
예쁜 건물들과 경관들이
사진을 백만 장 담을 정도로 좋지만,
시간이 흐른 뒤 더 그립고 여운이 남고,
더 또렷이 기억나는 것은
여유로이 잔디밭에 앉아
멍 때리며 사람 구경하고,
벤치에 앉아 아이스크림 하나 먹으며
가만히 있는 그 순간들이더라.

왜냐고?, 그건 마치 애인 사이에
'너는 내가 왜 좋아?'하고 물을 때
'예뻐서', '똑똑해서', '잘생겨서', '키가 커서'라는
이유가 아닌
'그냥 너라서'이듯이.

정답은 없다. 이유 역시 없다. 그냥 그곳이라서 좋았을 뿐.
그 순간이라서 좋았고, 그곳이라서 좋았고,
나라는 사람은 그저 그날의 공기가 좋았을 뿐.

파리 튈르리 정원, 프랑스

빨간 바지와 빨간 보타이
멋진 예술인 아저씨

나의 '오늘'에게
있을 때 잘하기

'하루가 지나가면 오늘은 결코 다시 오지 않잖아요.
그러니 당신에게 주어진 이 오늘, 아쉬워하며 가지 않게 잘해줘요.'
모든 게 무기력하고 나의 결정에 자신이 없어 시무룩해져 있을 때,
나를 똑똑, 깨워주었던 메시지.

나 자신과의 추억 많이 쌓기, 아쉬울 일 없게 만들기.

한 번뿐인 나의 '오늘'에게 있을 때 잘하기.
사람이든, 일이든, 순간이든. 이 한마디 덕분에 잠시 잊고 살았던,
작은 것에 즐거워하고 감사하며 지낼 수 있게 되었다.

영화에서 나오는 '당신의 한마디가 나를 바꾸었어요'가
그저 거짓부렁이 아님을 알게 된 순간.

파리, 프랑스

파리, 프랑스

How was your day?

'좋은 하루 보내셨나요?'

기분 좋아지게 하는 물음.

진짜 하루를 온전히 보냈나? 되돌아보게 되는 물음.

하지만 왜인지 잘 들을 수 없는 물음.

너무 바쁜 일상 속에서 나의 소중한 사람들에게

작은 인사, 안부조차 건네지 못하며

사는 게 아닐까 하는 안타까움.

어느
완벽한 하루

발바닥에 불이 날 정도로 걷고,
입꼬리가 당길 정도로 한가득 웃고,
셀 수도 없을 만큼 많은 사진을 찍었던 날.
노트르담을 지나 마레 지구, 루브르까지
파리 곳곳을 발길 닿는 대로 걸었던 그 날.

햇살이 참 예뻐 쉬었다 가자고 멈춘 강 근처 공터에는
마침 고양이 산책시키러 나온 예쁜 커플이 있었다.
What a perfect day!

파리, 프랑스

그날의
기도

흔히, 지나고 나서야
그 순간이 참 소중했다는 것을
깨닫는다고 한다.

하지만 이때의 나는,
내가 앞으로 평생
이 순간을 얼마나 그리워하고,
떠올리는 것만으로도
가슴 벅차게 행복해할까? 라는
생각을 했었다.

그리고는 정말
영원토록 기억하고
추억하게 해달라고
두 손 모아 기도했었다.

안부를
묻는다

독일에서 맞이했던 가을은 유난히도 추웠다.
가을이 오긴 온 건지 성질 급한 겨울이
바로 달려온 건지 알 수 없을 만큼.
그때의 가을은, 사람들이 9월부터
무스탕을 입고 다닐 만큼 쌀쌀하고 급작스레
추워져 조금은 원망스럽기도 했었는데,
그걸 알기라도 했는지
추운 날씨에도 끊임없이 동네를 돌아다니게
할 만큼 하이델베르크의 가을은 참 멋졌다.
저 멀리 보이는 굳건한 하이델베르크 성과
알록달록 진한 단풍은 어찌나 잘 어울리던지.

그리고 시간이 흘러 또다시 찾아온
올가을의 하이델베르크는 어떨지
궁금해져 안부를 묻는다.

그곳의 올해 가을은 어떤가요?

하루를
지내는 방법

외로웠다. 그리고 가끔 아니 종종, 막막함이라는 감정이 턱 끝까지 차올랐고, 너무나도 무모하게 먼 나라로 떠나온 게 아닐까 하며 대책 없이 무식하게 용감했던 나 자신이 어이없기도 했다.

일찍부터 추워진 독일의 날씨 덕분에 아침 일찍 출근을 위해 기차역에 서 있으면, 그 순간에 어찌나 눈물이 나던지 모든 게 낯설어지는 순간들이 가끔, 아니 이 역시 자주 찾아왔다.

열심히 했지만, 내 힘으로 안 되는 일들이 생기는 순간들이면, 'It's okay. I'm fine!'이라고 씩씩하게 말하면서도 자꾸 눈이 매워져 더 씩씩하게 웃어넘기곤 했다. 교환학생 때처럼 여러 친구가 있어 함께 어울려 다니고 소속감이 있는 것이 아니기에 이야기를 나눌 수 있는 친구들이 없다는 게, 혼자임을 좋아하는 나임에도 불구하고 무척이나 힘들었다.

날씨는 우중충하고 추웠으며, 마음은 외로웠고, 일은 일대로 힘들었기에, 한국으로 돌아가고 싶다고 생각한 적도 감히 있었다. 하지만, 그럴 수 없었다. 나의 선택이었고, 간절함을 담아 오게 된 곳이자 생활이라 '나 못하겠어.'하고 돌아가는 바보 같은 행동은 스스로 용서할 수가 없었다. 그래서 나는, 하루하루를 지내는 법을 배워갔다.

"세상은 참 내 뜻대로 흘러가지 않는다는 것을 날마다 느끼고 있던 그 날들. 그렇다고 주저앉아 가만히 있거나, 마냥 징징대거나, 모든 걸 포기하기에는, 오늘 나의 하루가 그리고 나의 내일 역시 너무나도 눈부시다. 하루하루가 참 새롭다." 2013. 10. 09 일기 중에서

어느 눈물 가득했던 오후, 집으로 가는 기차 안에서 내가 그토록 사랑하는 그 유럽의 풍경을 감흥 없이 바라보다 문득 이렇게 우중충하게 날마다 지내기엔 지금 이 순간이 너무 아깝다는 생각이 가득 들었다. 내가 사랑하는 이곳, 한국에 있으면 오고 싶어 안달이던 이곳에 와있는데 왜 그걸 즐기지 못하고 있는 것인지.

'선물 같은 하루하루를 이렇게 재미없게 사는 건 오늘에 대한 예의가 아니라고!' 누군가가 나의 마음에 반짝! 주문을 걸어준 것만 같았다. 그 마음에 걸린 주문을 잊지 않기 위해 펜 끝에 꾹꾹 힘주어 일기를 썼다. 그리고 신기하게도, 그날부터 하루하루가 다르게 느껴졌다. 스물네 살, 예쁜 가을날이었다.

반 고흐를 위한
기도

반 고흐의 '까마귀가 있는 밀밭' 작품의 배경이 된 곳. 나중에 고흐는
이곳 오베르 쉬르 우아즈에서 권총 자살을 하게 되지만, 바로 죽지 않
고 이틀을 괴로워하다 동생 테오 옆에서 결국 숨을 거두었다고 한다.
천주교 신자이지만 사실 문득문득, 아니 종종 사후세계에 대한 질문
과 의문이 생기곤 한다. 하지만 어느 때보다 반 고흐를 떠올릴 때면
하늘나라가, 천국이 꼭 있었으면 좋겠다는 생각이 든다.
당신을 사랑하는 이가 이렇게나 많다고, 세상이 당신의 작품을 무척

Le champ de blé aux corbeaux

이나 아낀다는 걸 그가 하늘 위에서 꼭 내려다볼 수 있게 말이다.

누군가는 20대에 일찍이 성공하여 부와 명성, 인정을 받기도 하지만 반 고흐처럼 생전에 인정받지 못하다가, 사후에 한국인이 좋아하는 화가 1위로 뽑힐 만큼 전 세계의 많은 사람에게 사랑받는 일도 있으니, 인생이란 참으로 아이러니하다.

그림 그리는 것을 사랑하고 누구도 따라가지 못할 대단한 작품을 남겨 많은 이에게 위로와 감동을 주는 그를 위해, 기도 한다.

동화 속
작은 마을

유럽 각 국가의 대도시가 아닌 작은 마을의 매력을 제대로 알게 된 것은 반 고흐가 사랑했던 마을, 프랑스의 오베르 쉬르 우아즈에서였다. 고흐와 동생 테오의 무덤이 있고, 고흐의 작품 중 가장 좋아하는 '오베르 쉬르 우아즈의 교회' 작품의 배경이 된 곳.

다른 여행자들 역시 오로지 고흐를 만나기 위해 이 마을을 방문하곤 한다. 파리에서 기차를 두어 번 타야지 도착할 수 있는 이곳은, 기차역에 딱 내리는 순간부터, 모든 것이 동화 속으로 들어간 것 같았다.

고흐 마을이라는 애칭(?)답게 마을 곳곳에 작품과 연관된 장소에 고흐의 그림이 팻말처럼 걸려 있어 보물찾기하듯 마을을 둘러볼 수 있는 상냥함이 감동을 주었다. 고흐는 죽기 전 두 달 동안 머물렀던 오베르에서만 80여 작품을 그려냈다고 하니 이 마을에 대한 사랑이 참 지극했다고 말할 수밖에….

백 년 전 고흐는 이곳을 걸으며 무슨 생각을 했을지, 그의 눈에 담긴 이 풍경은 어땠을지 감상적이 되어 골목 구석구석을 걸어 다녔던 탓일까. 그 후로 미술관이나 책, 혹은 카페에서 고흐의 그림을 마주칠

때면 그 전과는 다른 마음으로 그림이 보였다. 조금 더 고흐와 가까워진 기분에서 비롯된 친근함이랄까.

혹여 누군가 작은 마을의 매력이 뭐냐 묻는다면, 한마디의 말보다는 그 마을의 사진들을 하나하나 보여주어야만 설명이 될 것 같다. 대도시보다 훨씬 한적한 그곳을 거닐며 느긋하게 그 소박한 일상들과 풍경들을 하나하나 내 눈에 담을 수 있다는 것, 여행 책자와 블로그를 뒤져 가야 할 곳을 따라가는 것이 아닌 내 발걸음이 닿는 대로 걸어도 마을을 다 담을 수 있기에 그 작은 마을과 마음으로 친해질 수 있다는 것, 그래서 시간이 지나고 어쩌다 우연히 그곳의 소식이나 사진을 보게 되면 더할 나위 없이 반갑고 친근하게 느껴진다는 것.

가을 겨울 봄 여름
그리고 가을

날씨가 맑은 걸 보니, 바람이 선선해진 걸 보니, 하늘이 유
난히 높아 보이는 걸 보니, 확실히 가을이다. 계절 즐기기를
잠시 잊고 살았었나 보다. 가을이 이렇게 좋았던가, 생각해
보니 어릴 때부터 가장 좋아하는 계절은 언제나 내 생일이
있던 가을이었다. 커가면서 추운 겨울 흑백 세상이 지나고
꽃이 피고 새싹이 돋아나 세상이 알록달록하게 바뀌는 봄이
참 기다려졌지만, 그래도 높은 하늘과 선선한 공기를 담은
가을에 대한 애정을 따라가지는 못했다.

더위를 많이 타는 탓에 여름만 되면 맥없는 닭처럼 정신을
못 차린다. 살랑살랑 바람이 불어오며 가을이 다가오면 '아
이제 살 것만 같다!'하는 기쁨과 함께 무언가 새로 시작되는
듯한 느낌이 있었다. 어쩌면 나는 가을에 태어난 아이이기
때문일지도 모른다는 생각이 든다. 내가 좋아하는 가을방학
의 노래처럼, 나는 9월에 태어났다고 하니 나의 일 년은 언
제나 가을, 겨울, 봄, 여름의 순서. 그러니 가을이 되면 나만
의 한 해가 밝는 것이라 생각해도 그리 이상하지만은 않겠
다.

나는
에든버러에 있다

아무런 기대 없이 방문 한 곳이었다. 아일랜드에서 런던으로 넘어가기 전 다른 곳을 한 곳 정도 더 방문하고 싶었고, 지도를 펼쳐놓고는 어디가 좋을까? 하고 훑어보던 중 스코틀랜드가 눈에 들어왔다. 스코틀랜드에 대해 아는 것은 거의 없었다. 치마를 입고는 뿌우 하고 시끄러운 파이프를 불어대는 빨간 머리의 아저씨들, 위스키가 유명한 곳. 딱 이 두 가지 말고는 없었다.

모든 것을 다 알아보고 준비해서 맞이하는 것도 좋지만, 아무 준비도 기대도 없이 마주쳤을 때, 그 새로움과 무엇이 다가올지 모른다는 설렘을 꽤나 좋아하는 나로서는 그렇게 일정에 에든버러를 살짝 넣어두고는 아무것도 알아보지 않은 채로 밤 11시가 넘은 시간에 스코틀랜드 에든버러에 도착했다.

도시의 첫인상은, '잘생겼다.'

비몽사몽 함과 더불어 꽤 쌀쌀한 날씨에 정신을 못 차리고는 계속해서 구글 지도만 보며 하염없이 길을 헤매고 있었고, 그때 해리포터 영화에서나 봤던 진한 억양의 청년들을 마주쳤다. 꼬질꼬질한 우리가 안타까워 보였는지, 그들은 우리 숙소 위치를 알려주었고, 몹시 고맙게도 그 커다란 짐을 숙소 앞까지 들어주었다. 천사 같은 청년들. 사실 얼굴이 잘 기억나지 않지만, 추억 속에는 아주 잘 생기고 멋진 억양을 가진 스코틀랜드 청년 넷이 우리를 도와주었다고, 그렇게 그려 놓았다.

정신없는 첫날이 지나가고 다음 날, 속상하게도 창문을 통해 보이는 하늘은 흐림이 가득이었다. 여행에서 날씨는 정말 중요하다. 날씨에 따라 그날의 일정이 달라지고, 사진도 달라지고, 추억과 기억 역시 달라져 버리니까. 적어도 그날 아침까지는 그렇게 생각했다. 흐린 날이라니, 오늘은 망했네, 아유.

흐린 날이니 뭐 그냥 오늘은 좀 쉬어가는 날로 하자, 하고는 숙소 근처에 보이는 스타벅스에 들어갔다. 비가 와서 그런지 이층의 좌석까지도 사람들이 붐볐다. 그렇게 우리는 잠시 여유를 부리자며, 밀린 일기도 쓰고 한국에 있는 친구와 영상통화도 하고, 다음 여행지인 런던 일정을 들여다보며 시간을 보냈다. 그러는 와중에도 이곳 에든버러에서는 뭘 하면 좋을까에 대해 한 번도 생각을 안 했으니, 지금 생각해보면 참 신기하다.

마침 창가 자리에 자리가 비어 자리를 옮겼다. 그러자, 몇 시간 동안한 번도 들여다보지 않았던 창밖의 풍경이 그제야 눈에 들어왔다.
빗방울이 맺힌 창문을 통해 바라본 스코틀랜드 에든버러의 풍경은, 너무나도 잘생긴 풍경이었다. 건물들이 이렇게 멋졌구나. 거리가 이렇게 웅장했구나. 반나절 동안 한 번도 들여다보지 않았던 이곳은, 이렇게 중후함을 가진 곳이었구나. 흐린 날이라고 지금 이곳에서의 시간을 소중히 여기지 않았구나, 제대로 볼 생각조차 하지 않았구나. 하는 살짝의 미안함과 죄책감까지 스쳤다. 그리고는, 너무나도 그러고 싶어서. 일기장 맨 뒷장을 펼쳐 서툰 솜씨로 눈앞의 건물들을 쓱싹쓱싹 그렸다. 그림을 자주 그리는 것도, 잘 그리는 것도 결코 아니지만, 그냥 내 눈앞의 이 잘생긴 건물들을 하나하나 들여다보며 어딘가에 옮겨보고 싶었다.

이제 한번 돌아다녀 볼까? 에든버러에 제대로 첫발을 내디뎠다. 지도도 한 장 없이, 그저 길을 따라 걸었다. 가방 속에 넣어두었던 카메라를 꺼내고 무거운 필름 카메라까지 둘러메었다.

거리를 걸을수록, 나의 머릿속에는 단어 하나가 계속 떠올랐다. 'Masculine'(남자 같은, 사내다운, 남성, 남자의) 나에게 이 도시는 Masculine, 그 자체로 다가왔다. 도시 자체가 내뿜어내는 분위기와 아우라가 그러했다. 도시 전체가 어쩜 이리 남자다운지. 무게감이 느껴지는 거리와 웅장한 건물들 그리고 흐린 날씨로 인해 한층 낮아진 톤까지, 도시에게 섹시하다는 말을 갖다 붙여도 되는 것일까, 하는 생각도 문득 들었다.

오래된 교회와 구시가지의 로열마일(Royal Mile, 예전에는 평민들은 다닐 수 없는 왕가 전용 도로. 일명 귀족들의 길)을 따라 걷다 보면 나오는 아기자기한 가게들과 기념품 가게, 그리고 스카치위스키의 나라답게 곳곳에 자리 잡은 펍. 도시를 차근차근 곱씹으며 들여다볼수록 유행에 휩쓸리지 않는 자신만의 수트를 제대로 차려입은 미리기 히

얇게 센 멋진 노신사의 모습, 그 듬직하고 중후한 모습이 연상되었다. 한 도시가 내뿜는 분위기가, 이렇게까지 구체적인 느낌을 가져다준 것은 에든버러가 처음이었으며 유일했다.

그렇게 감탄하며 한참을 에든버러를 거닐었다. 빗방울이 조금씩 떨어지기도 했지만, 그다지 거슬리지 않았다. 이 흐린 날씨와 빗방울로 인해 감사하게도 이 도시의 매력을 제대로 볼 수 있게 된 느낌이었다.

항상 맑은 날씨, 해가 쨍쨍한 파란 하늘의 날씨만이 좋은 날씨, 예쁜 날씨, 여행하기에 좋은 날씨라 생각했던 나는, 그 생각이 한낱 나의 편견이었을 뿐이라는 것을 깨달았다. 흐린 날에도 이리 멋질 수 있다니, 아니 흐린 날씨로 인해 어쩜 이렇게 이 도시의 분위기가 더 살아나다니. 고스란히. 흐리고 비 오는 날이 무조건 나쁜 것만은 아니었다.

에든버러의 흐린 그 어느 날, 나는 이렇게 또 하나 배웠다.

241

헬싱키, 핀란드

행복이
내 곁으로 왔을 때

아주 조용해서 고요함이란 이런 것이구나, 문득 단어가 마음으로 와 닿았고, 아주 오래간만에 '나 행복해'라는 말이 조심스레 입 밖으로 나왔다. 자주 입에서 쏟아지던 말이었는데 그 말이 어찌나 오래간만인지, 말을 내뱉고선 혼자서 콧잔등이 시큰해져 버렸다.

작은 것에 연연하지 않고 마음 끓이지 않는 것이 나의 안위에, 나의 하루와 나의 감정에 더 유익하다는 것을 안 지는 오래되었지만, 실천되지는 않았다.

요새 들어서야, 서른이 되어서야, 조금 더 무던해지는 것과 훌훌 털어 버리는 것에 조금은 익숙해지는 법을 배워가고 있다. 하지만 이것 역시 숱한 연습에도 불구하고 와장창 무너져, 매섭게도 마음이 흔들리는 그런 날이 오겠지. 그래도 괜찮을 거다. 그 모든 것은 저 하늘의 구름이 지나가듯이, 그렇게 시간이 흘러감에 따라 차차 지나갈 테니까.

나의 오랜 마법의 주문, '이 또한 지나가리라.'
힘들고 괴로운 일이 있어도 마음을 조금만 내려놓고 편하게 먹으면, 또 좋은 일들이 다가올 거라고.

바윗덩어리가 굴러떨어지고 모래바람이 휘몰아칠 때, 긍정적으로 생각하기란 누구에게든 어렵겠지만, 앞으로 힘든 일이 생기고 마음이 공허해질 때면, 새로운 주문을 외워야겠다. '아, 좋은 일이 오려나 보다.'

사춘기 소녀 때 그토록 사랑했던 '바람과 함께 사라지다'의 명대사처럼, 내일은 또 내일의 태양이 뜨니까…. 속이 많이 상하더라도 '이 또한 지나가리라'와 내일의 태양을 생각하며 내 마음을 조금은 달랠 수 있는 내가 되기를. 동화 속 세상에 빠져 살아왔던 것은 아니지만 어느 순간부터, 세상은 행복하고 즐거운 일들로만 이루어진 것이 아니라는 것을 실감하게 되었다. 이런 게 바로 어른이 되어가는 것일까… 조금은 어색한 기분이 들기도 한다.

하루하루가 행복하고 기쁜 일들만 가득하다면 그것참 복 받은 일이겠지만, 이는 욕심일 수도 있으니….

그저, 행복이,

아주 작은 기쁨과 행복이 반짝거리며 내 곁으로 왔을 때

온 마음으로 안으며 힘껏 기뻐하고, 음미하며, 소중히 하기를.

또 그를 감사할 수 있는 내가 되었으면.

나만의
로맨틱 유럽

겨울의 파리에서, 거리에 눈이 소복소복, 촌스러운 빨간 모자 쓰고, 귀요미 코트 입고, 예쁜 부츠 신고, 완전 촌스럽게 에펠탑 앞에서 사진 찍기

날씨 좋은 날, 헉헉거리며 피렌체의 두오모 올라가기, 혼자 말고 둘이, 그리고 바보같이 그냥 내려오지 말고 모든 풍경 두 눈에 가득 담기

아시시 나만의 그 장소에서, 새벽기도 마치고, 해 뜨는 모습 지켜보기

로마의 그 잊을 수 없는 바로 그 젤라토 가게, 점심 대신 밥그릇만 한 다섯 가지 젤라토 한 컵, 배불러서 배 터질 때까지 다 먹기

스웨덴 칼스타드, 그 예쁜 호숫가에 걸터앉아, 헉 소리 나게 비싼 샌드위치 반씩 나누어 먹기, 파스텔 톤의 리스본 골목골목 발길 닿는 대로 걸으며 어여쁜 석양 마주하기

하늘과 똑 닮은 색깔의 스위스 하늘빛 호수에서, 남들 신경 쓰지 않고

물에 풍덩 뛰어들어 수영하기

이름마저도 로맨틱한 프라하에서 뚜르들로와 뱅쇼 각각 한 손에 쥐고
선 춥지만 따스한 크리스마스 보내기

아직도 유럽은 나에게 너무너무 소중하고 예뻐서 자꾸자꾸 보고 싶
고, 여기저기에 추억들과 기억들이 가득하고, 곳곳에 나의 유치한 상
상들이 가득하다.

나는 아직도 유럽이 너무나도 사랑스럽다.
아직도, 그리고 여전히 그립다.

유럽이 나에게 들려준 이야기

초판   발행 2016년 07월 04일
개정판 발행 2020년 05월 18일

지은이 박신형
펴낸이 최병윤
편집자 이우경

펴낸곳 알비
주소 서울시 서대문구 증가로30길 29-2, 1층
출판등록 2013년 7월 24일 제2020-000041호
전화 02-334-4045 팩스 02-334-4046

종이 일문지업
인쇄 수이북스

ⓒ박신형
ISBN 979-11-86173-77-0 03810
가격 14,500원

이 도서의 국립중앙도서관 출판예정도서목록(CIP)은 서지정보유통지원시스템 홈
페이지(http://seoji.nl.go.kr)와 국가자료종합목록 구축시스템(http://kolis-net.
nl.go.kr)에서 이용하실 수 있습니다(CIP제어번호:CIP2020010498).